KB130810

호시탐탐
글 · 그림 구름나무
도서출판
청어

호시탐탐

구름나무 지음

발 행 처 · 도서출판 **청어**
발 행 인 · 이영철
영 업 · 이동호
기 획 · 이용희
편 집 · 방세화
디 자 인 · 이해니 | 이수빈
제작부장 · 공병한
인 쇄 · 두리터

등 록 · 1999년 5월 3일
(제321-3210000251001999000063호)

1판 1쇄 인쇄 · 2018년 10월 10일
1판 1쇄 발행 · 2018년 10월 20일

주소 · 서울특별시 서초구 효령로55길 45-8
대표전화 · 02-586-0477
팩시밀리 · 02-586-0478

홈페이지 · www.chungeobook.com
E-mail · ppi20@hanmail.net
ISBN · 979-11-5860-587-2(03810)

이 도서의 국립중앙도서관 출판시도서목록(CIP)은 서지정보유통지원시스템 홈페이지(http://seoji.nl.go.kr)와 국가자료공동목록시스템(http://www.nl.go.kr/kolisnet)에서 이용하실 수 있습니다.(CIP제어번호: CIP2017005993)

호시탐탐

| 시작하며 |

"박정금, 너 많이 힘들구나!

네가 이 모양이 된 건 바로 창식이 때문이야.

야, 도대체 이게 무슨 꼴이야? 너도 똑같이 해버려!

속 터지게 가만히 있지 말고 그 분노를 터뜨려. 이러다가 너만 병나겠다.

그 새끼는 너 등쳐먹고 잘 나간다잖아.

그 꼴을 어떻게 보냐? 그냥 죽여버려!"

분노가 극에 달한 정금은 칼을 품고 창식이를 찾아갔다.

"그래, 잘 생각했어. 끝까지 복수해야지."

마귀가 노리는 것은 우리의 상처 난 마음입니다.

근신하라 깨어라 너희 대적 마귀가 우는 사자 같이 두루 다니며 삼킬 자를 찾나니

(베드로전서 5장 8절)

| 목차 |

호시탐탐

1장. 호시탐탐

새벽 2시, 회의 시간이 다가왔다.

마귀들은 각자의 실적 파일을 들고 회의 장소로 새까맣게 몰려들었다. 차갑고 어두운 회의 장소에서 긴장된 표정으로 모두 대장 사탄을 기다리고 있었다.

살벌한 공기가 가로질렀다. 사탄이 들어왔다. 마귀들은 사탄의 기분을 파악하려 쳐다보았으나, 도무지 그의 무표정을 읽을 수가 없었다. 또 불호령이 떨어지겠거니 생각했다. 마귀들은 오래된 밤샘 일로 지칠 대로 지쳤고 가뜩이나 시뻘건 눈에 피가 고일 만큼 피곤함에 절어 있었다. 그래서 공기는 더욱 혼탁했다.

사탄의 소리가 크게 났다.

"자, 지금부터 작년도 실적 평가를 하겠다. 각 부서 팀장들이 발표를 시작하도록 하라!"

모두 일시에 긴장했다.

먼저 A팀의 '육신의 정욕'을 담당하는 팀장이 발표를 시작했다. 사탄이 가장 잘 보이는 위치에 그래프가 펼쳐졌다. 항목별로 작년 대비 사탄의 백성이 된 수가 정확하게 나와 있는 데이터였다. A팀 팀장은 의기양양하게 발표를 시작했다.

"현재 인간들이 여전히 음란과 부정과 사욕과 악한 정욕에 푹 빠지고자 하는 욕망이 커서 전년도 대비해서 11%가 상승했습니다. 목표 대비 1%가 부족하지만 타락하기 쉬운 쾌락주의자들이 늘어나기 때문에 좀 더 분발하도록 하겠습니다."

말 떨어지기가 무섭게 돌덩어리가 날아와 A팀 팀장 오른쪽 눈을 맞췄다. 금방 눈탱이가 밤탱이처럼 부어올랐다. 말없이 고개를 숙이고 사탄의 말을 기다렸다.

사탄은 서류를 집어던지며 큰 소리를 내었다. "이 새

끼가 미쳤나? 육신의 정욕으로 나약한 인간들을 얼마나 쉽게 타락시킬 수 있는지 벌써 까먹었냐? 진짜 돌대가리야? 이걸로도 목표 달성을 못하면 너희가 사탄 새끼 맞냐? 차라리 저 구천에 떠도는 병신 같은 귀신이나 하지 그러냐? 보내줄까? 왜 목표를 달성하지 못했는지 구체적으로 또 개선책이 무엇인지 빨리 말해. 쳐 죽이기 전에."

목표 대비 1%가 부족했던 A팀 팀장은 예상치 못한 사탄의 공격에 몹시 당황했다. 정신이 혼미한 상태에서 겨우 답변했다.

"죄송합니다. 저의 열정이 부족했습니다. 앞으로 육신의 정욕에 빠져있는 백성을 적극 활용하여 좀 더 전략적으로 먹고 마시기를 유도하여 음란을 퍼뜨리고 타락시키도록 노력하겠습니다."

말이 끝나기도 전에 어둠을 뚫고 칼날이 번뜩이며 A팀 팀장을 향해 날아갔다. 그래프를 보며 말하던 오른쪽 손목이 잘리고 말았다. 그는 바로 무릎을 꿇고 엎드려 자신의 떨어진 손모가지를 쳐다보았다.

"야! 이 멍청한 새끼야! 그게 지금 말이라고 하냐? 간음으로 가족 단위를 얼마든지 무너뜨릴 수 있다고 여러 번 강조했건만 네가 내 명령을 무시 하냐? 내 명을 명심하고 성실히만 행하였어도 목표는 충분히 달성하고도 넘었겠다. 이 게으르고 안일한 놈아. 야, 저 새끼를 당장 감금시켜!"

사탄이 명령하자 악한 마귀들이 구름떼처럼 몰려와서, A팀 팀장을 질질 끌고 나갔다.

다음은 B팀의 팀장인 '안목의 정욕'을 담당하는 팀장이 떨리는 손을 움켜쥐며 나왔다. 겨우 들리는 목소리마저 두려움으로 떨렸다.

"저희 팀은 돈에 대한 갈망이 갈수록 커져서 가지고자 하는 욕심을 올리는 데 열중했습니다. 그래서 타깃으로 공격했을 때 우리 백성으로 돌리는 게 쉬웠으나 불황의 연속으로 인한 우울증과 자살이 늘어나서 더 이상 확산되지 못하고 8%의 성장으로 머물렀습니다. 결과는 목표에 4%를 미달했습니다. 죄송합니다."

B팀 팀장은 겨우 발표를 마치고 눈을 질끈 감았다. 기다려도 빨리 날아오지 않자 공포가 극에 달했다. 눈을 살짝 뜨자마자 날카로운 화살촉이 눈알에 꽂혔다. 그러자 피눈물이 흘러내렸다.

사탄은 더욱 격하게 신경질적으로 말했다.

"이 새끼는 더 가관이네. 야! 병신새끼야! 이 세상 인간들이 얼마나 돈에 대해 미쳐있는지 네가 몰라서 그따위 변명을 늘어놓냐? 조금씩 미끼를 던져주면 얼마든지 돈에 몰려드는 게 인간인데 머리를 써야 할 것 아니야? 너 대가리에 똥만 들었냐? 끝까지 우리 종노릇을 하게 만들어야지. 죽이긴 왜 또 죽여. 이 병신 같은 놈아! 얼마나 많은 사람들이 돈 때문에 속임수를 쓰고 서로 이간질하며 사기를 치는 걸 좋아하는데 미친 새끼가 말도 안 되는 소리를 쳐지끼고 있어! 똑바로 들어라. 이 새끼야. 인간은 언제든 돈을 우상 삼는 돈의 노예다. 알겠냐? 요즘 인간들이 갖고자 하는 탐욕에는 물불 가리지 않는다고 그만큼 주지시켰건만 결국 이런 꼴이라니. 내 명령을 따르지 않으면 어떻게 되는지 내가 당장 보여주마."

사탄의 말이 떨어지자 불꽃이 튀는 불칼이 날아가 단칼에 B팀 팀장의 목을 쳤다. 머리가 떨어지자 다시 악한 마귀들이 몰려와서 목 베임 당한 B팀 팀장을 끌고 갔다.

마지막으로 '이생의 자랑'을 담당하고 있는 C팀의 팀장이 나왔다. C팀장은 긴장했지만 다소 여유 있는 모습으로 말했다.

"지금부터 C팀 발표하겠습니다. 이 그래프에서 보시다시피 핸드폰과 인터넷의 발달로 인해서 모든 사람들이 겉과 속이 다르게 자랑하며 실제로 교만에 빠뜨려 목표 도달하는데 큰 어려움이 없었습니다. 저희 C팀의 실적은 작년 대비 12% 성장으로 목표달성을 이루었습니다. 인간들이 점점 이기주의와 자기주의로 명예를 더 높이고, 되고자 하는 욕망을 전략적으로 활용하여 목표 달성을 할 수 있었습니다. 겉과 속이 다르게 스스로 괜찮다고 생각하며 이생의 자랑에 푹 빠뜨려 정신없도록 만들었습니다. 또한 한층 높은 기술력에 힘입어 올해도 목표 달성은 충분히 가능한 전략을 가지고 있습니다."

사탄은 이제야 마음에 드는 표정을 지었다.

"역시! 박수 한번 쳐라! C팀은 연중무휴로 성실하고 전략적으로 일하는 모습을 내가 지켜보았다. 모두 본받아 마땅하다. 이렇게 목숨 걸고 후퇴 없이 나아갔을 때 목표는 반드시 달성할 수 있다는 것을 명심하라! 이에 C팀 전원은 목표 달성하였으므로 오늘 하루 자유를 준다. 세상을 향해 악하고 방탕한 하루를 즐기다가 내일 바로 복귀하도록 하여라."

C팀 전원이 기쁨의 함성을 질렀다.

반면 A팀과 B팀의 마귀들은 팀장들의 처참한 모습이 자기들의 모습으로 느껴져서 심히 괴로웠다. 저절로 지금까지 추진해 오던 사람들 중 사탄의 백성이 다 되어가는 사람들이 마구잡이로 떠올랐다. 우선 살아남기 위해서라도 이 회의가 끝나자마자 바로 공격 해야겠다는 생각을 했다. 그래서 결코 내년에는 이런 수모를 당하지 않으리라고 마귀들은 각자의 마음속에 굳게 다짐하는 순간이었다.

사탄이 큰 소리로 명령했다.

"자, 내가 다시 한 번 더 강조하니 모두 잘 들어라!

올해 목표는 어떤 일이 있어도 반드시 12% 더 성장하라! 그리고 빠르게 확산하라! 물불 가리지 말고 하라! 핵심 포인트는 가정을 파괴하라. 특히 육신의 정욕과 안목의 정욕 팀은 가정을 파괴하는 데 집중하기를 바란다. 각 팀별로 치밀한 계획을 세워라. 현재 우리 백성이 된 사람들을 동원하고 더구나 뱀의 혀를 가진 충성하는 종들을 총출동시켜서 서로 물어뜯게 하여 목표 달성할 수 있도록 하라. 처음에는 눈치 못 채게 달콤하게 위로하는 전략으로 생각을 집어넣고 나머지는 헤어날 수 없게 치명적인 전술을 펼쳐라. 특히 요즘은 하나님 나라 백성인 그리스도인들 사이에 가짜가 많으니 명심하라! 그곳에서 무차별 공격하라. 하나님 백성이라도 완전히 연합한 자를 찾기 힘드니 항상 포기하지 말고 호시탐탐 노리도록 하라! 알겠느냐?"

"넵! 명심하겠습니다."

군기가 바짝 든 마귀들은 큰소리로 합창했다.

"마지막으로 명심하고 또 명심하라!

육신의 정욕과 안목의 정욕과 이생의 자랑을 활용하면 사람들이 쉽게 죄를 짓고 그러면 마음의 빗장이 열려 우리가 충분히 들어갈 수 있는 틈이 생기는 것이다. 그때 무조건 파고들어가라! 그러면 반드시 성공한다. 그 성공의 맛을 보아라! 올해 목표 달성을 못하는 팀은 전원 절대 용서하지 않겠다! 모두 크게 세 번 외쳐라. 호시탐탐!"

"호시탐탐! 호시탐탐! 호시탐탐!"

모든 마귀들이 사탄 앞에서 결의에 찬 맹세를 했다.

사탄은 이번에는 어느 때보다 마귀들을 향하여 강하게 선포했다.

2장. 일 중독에 빠진 박정금

정금은 가족들이 떠나간 자리에서 비를 맞으며 서 있었다.

가족은 커다란 전나무 아래에서 걸음을 멈췄다. 바람이 불자, 새롭게 돋아난 연둣잎에서 향기가 났다. 정금은 짐을 내려놓고, 은빛 돗자리를 높이 펄럭이며 내려놓았다. 밑에서 바라보던 주은이가 "와아!" 하며, 양팔을 벌려 잔디밭을 뛰어다닌다. 덩달아 은혜 품에 안겨 있던 주원이도 손뼉을 치며 발버둥 친다. 펼쳐진 돗자리 안으로 네 명의 가족이 옹기종기 모여 앉았다.

비스듬히 누워서 정금은 주위를 둘러보았다. 소풍 나

온 다른 가족들이 보였다. 여기저기서 아이들 노랫소리와 웃음소리가 들려왔다. 그 장면이 순간적으로 멈추면서 마치 한 폭의 그림처럼 느껴졌다.

"우리 주은이도 노래 하나 해 볼래?"

라고 아빠가 말하자, 다섯 살 주은이가 망설임 없이,

"응, 아빠."

하고 앞으로 나와 섰다.

더웠는지 모자를 벗어서 엄마에게 주고, 머리핀이랑 머리를 한번 쓰다듬더니, 고개를 숙여 배꼽인사를 했다. 그러자 엄마, 아빠가 크게 박수를 쳐주었다. 막내 주원도 조그만 두 손을 마주 잡았다. 주은은 두 팔을 허리에 대고 머리를 까딱거리며 동요를 부르기 시작했다.

이 세상에서 가장 귀여운 표정으로.

"나뭇가지에 실처럼 날아든 솜사탕!

하얀 눈처럼 희고도 깨끗한 솜사탕!

엄마 손 잡고 나들이 갈 때 먹어본 솜사탕!

훅훅 불면은 구멍이 뚫리는 커다란 솜사탕!"

주은이 눈은 초롱초롱 빛나고, 볼살은 몽실몽실한 젖살이 그대로 흘러내릴듯하다.

"이야, 우리 주은이 가수보다 더 잘하네."

어쩔 줄 몰라 하며 아빠가 기뻐하자, 주은이는 유치원에서 배웠던 노래 두 곡을 더 불러 주었다.

누나를 지켜보던 주원이도 이리저리 기어 다니며, 엉덩이춤을 추었다. 돌이 다가와서인지 옹알거리며 제법 따라한다. 주원이는 누나 주위를 계속 강아지처럼 맴돌았다.

주은이 노래가 끝나고, 은혜가 준비해온 도시락을 하나씩 펼쳤다. 먼저 먹음직스런 김밥이다. 김밥 안에는 각 야채랑 정금이가 좋아하는 불고기도 들어 있고, 계란도 도톰하게 있다. 이어서 유부초밥 그리고 과일 샐러드와 주원이가 먹을 수 있는 단호박 샐러드까지 정성스럽게 만들어온 도시락을 모두 펼쳐 놓았다. 음식을 보고 모두 환호성을 질렀다.

은혜가 김밥 하나를 집어서 정금의 입속으로 넣어 주

었다. 주은이도 제비처럼 입을 벌린다. 이번엔 아빠가 주은의 입에 넣어 주었다. 그러자 주은이도 아빠의 입에 넣어주고, 막내 주원이 손으로는 한주먹이나 되는 김밥을 움켜잡고 정금의 입에다 넣어 주었다. 아빠가 맛있다는 표정을 짓자, 아이들은 깔깔거리며 좋아했다.

가족들이 맛있게 먹는 동안 주원은 아빠 등으로 가서 슬슬 일어나기 시작했다. 아빠는 무엇을 하려는지 눈치 챌 수 있었다. 정금은 뒤로 힐끔 쳐다보았다. 그리고 은혜에게 주원이를 보라고 눈짓으로 전했다. 은혜는 정금의 등을 잡고 일어난 주원이 모습을 보고 눈이 동그래졌다. 정금은 살짝 비껴서 주원의 손이 닿지 않게 피했다.

그랬더니 주원이가 혼자서 건들건들 아슬아슬 거리며 서 있는 게 아닌가?

무언가 장한 일을 해낸 것처럼 말이다. 어쩔 줄 모르고 서 있는 모습이 사랑스러워 모두 박수를 쳐주었다.

"와! 우리 주원이 최고!"

"이제 드디어 일어났구나!"

"주원이 최고 최고!"

주은이도 폴짝 뛰며 칭찬했다.

그리고 다함께,

"걸음마, 걸음마."

라고 박자에 맞춰서 외치기 시작했다.

정금은 주원이가 세 발걸음을 걸으면 닿을 만한 가까운 곳에서 두 팔을 벌려 오라며,

"걸음마, 걸음마."

라고 외쳤다. 주원은 어떻게 해야 할지 당황해하면서도 아빠가 오라고 하는 데까지 걸어보려고 발을 움찔했다. 정금은 계속 손짓했다. 주원이가 겨우 오른발을 들더니, 한 발짝을 내딛었다.

'주원이가 태어나서 첫발을 내딛는 순간이었다.'

온 가족이 기뻐서 환호를 했다.

그러자 주원이는 의기양양하게 다시 한걸음을 더 과감하게 뗐다. 가족들 환호 속에 주원이는 좀 더 걸어가서 아빠에게 안겼다. 온 가족이 얼싸안고 펄쩍펄쩍 뛰

었다. 주원은 자신이 대단한 일을 해냈다는 것을 아는 듯했다. 정금은 '둥개둥개'를 해주고 은혜와 비행기를 만들어서 태워주었다. 주원이가 숨이 넘어갈 것처럼 소리치며 웃어 댄다.

그렇게 온 가족의 웃음소리가 크게 났다. 정금의 귓가에 웃음소리가 울려서 들린다. 그러다가 얼굴에 굵은 빗방울이 떨어지는 걸 느꼈다. 한 두 방울로 시작을 했는데 조금 시간이 지나자, 계속 얼굴 떨어졌다. 더 이상 멈출 비가 아니었다.

그러자 은혜는 아이들을 데리고, 빠르게 움직였다. 정금은 아이들과 은혜가 비를 피해서 뛰어 가는 모습을 보고, 남은 짐을 챙기고 정리했다.

그러나 이동하려고 발을 떼는 순간, 발이 떨어지질 않았다. 아무리 발을 떼려고 발에 힘을 주어도 땅에 붙어서 꿈쩍도 하지 않았다. 정말 이상했다. 하늘을 쳐다보았다. 빗줄기가 더 굵어졌다. 굵은 빗줄기가 정금의 옷을 흠뻑 적셨다.

바람과 함께 비는 계속 쏟아지고, 몸은 끝까지 움직여지지 않았다. 정금은 은혜에게 소리쳤다.

"은혜야, 은혜야!"

소리를 쳐도 들리지 않는 모양이다.

갑자기 번개가 쳐지더니, 천둥소리가 났다.

'도대체 무슨 영문일까?'

정금은 그렇게 계속 서 있다.

토요일 아침이다.

거실 커튼 사이로 차가운 바람이 들어오자, 정금은 잠에서 깨어났다. 꿈이 생생하다. 아직도 꿈속에서처럼 발이 떼어지지 않는 느낌이다. 정금은 발가락을 살짝 움직여 보았다. 이상이 없다.

'도대체 그 이상한 꿈은 뭐지?'

이내 춥고 피곤한 몸을 소파 깊숙이 넣어 뒤척였다.

주방에서 덜거덕 거리며 설거지하는 요란한 소리가 심상치 않다.

'내가 또 어제 무슨 짓을 한 거지?'

정금은 생각해보려 했으나 머리가 깨질 듯 아프기만 하다. 아직도 온몸에서 술 냄새가 나는 듯하다.

정금의 오른손에는 리모컨이 쥐어져 있고, TV는 밤새 켜진 듯 소리가 허공에 맴돌고, 냄새 나는 몸뚱어리는 어제 입은 그대로의 모습으로 소파에 널브러져 있다.

늦가을의 차가운 바람이 코 안으로 들어왔다. 곧 목이 타들어와 마른기침이 나기 시작했다. 온몸이 오싹해졌다.

"여보, 나 물 좀 줘."

라고 말하자 하던 일을 멈추고 은혜가 노려본다. 정금은 애원하듯 인상을 찌푸리고 물을 달라고 손을 뻗었다. 은혜가 컵에 물을 뚝뚝 흘리며 와서 한 손으로 물을 건네주었다. 그러고는 속사포 같은 잔소리를 해댔다.

"당신이 그러고도 사람이야? 애들 보기 창피하지도 않아? 어떻게 그렇게 위장에 빵구 나도록 술을 퍼 마시고, 인사불성이 되가지고서. 집에는 우째 찾아오는데? 요즘 같은 날씨에 밖에서 죽고 싶나? 도대체 약속은 왜 안 지키는데? 응? 내가 참 어이가 없어서. 나보고 뭐 어쩌란 말이야? 응? 하루도 안 거르고 난리야!"

흥분한 낯선 아내가 공격해왔다.

정금은 벌떡 일어나서 재빨리 화장실로 들어갔다. 깨질 것 같은 머리를 감싸고 겨우 거울을 쳐다보았다. 스스로 불쌍해 보일 지경이다. 한숨이 나왔다.

'어제 얼마나 술주정을 했길래…….'

정금은 술만 취하면 소리 지르고, 했던 말 무한 반복하면서 주변 사람을 괴롭혀 대는 버릇이 있다. 어제도 그 술주정을 마음껏 한 모양이다. 그래서 이럴 땐 무조건 죄인이다. 얼굴과 온몸에 아직도 술이 묻어 있는 것 같았다. 화장실 변기에 앉았다. 엉덩이에서 피가 날 것 같이 통증이 느껴졌다. 매일 술을 먹은 탓에 치질이 더 심해진 듯하다. 대충 씻은 듯 만 듯하며 물만 바르고 밖으로 나가려고 서둘렀다.

그러나 기다렸다는 듯이 화장실 앞에서 은혜가 또 쏘아보며 말했다.

"나 지금 일하러 나가야 돼. 주은이는 아침 일찍 나갔으니까 주원이 깨워서 밥 같이 먹어. 오늘은 아무 데도 나가지 말고 제발 집에서 좀 쉬어. 응?"

하고는 대답도 듣지 않고, 은혜는 현관문을 세차게 닫고 나갔다.

정금은 한숨 돌리고 속을 달래려고 식탁 위를 쳐다보았다. 식탁에는 마른 반찬 몇 가지와 김치찌개가 놓여 있었다. 김치찌개 냄새를 맡자 헛구역질이 올라왔다. 속이 쓰라렸다. 정금은 찬물 한잔을 더 마시고 배를 쓸어내렸다. 어제 입은 옷 그대로에 양말만 갈아 신었다.

나가기 전에 주원이 방을 들여다보았다. 주원이는 누워서 핸드폰에 몰두하는 중이다.

"우리 주원이, 일어났네?"

"아빠, 왜?"

"어, 주원아 엄마가 밥 먹으래. 아빠는 나가니까 혼

자 먹어라."

"알았어, 배고프면 먹을게." 주원은 눈길도 안주고 건성으로 대답한다.

정금은 주섬주섬 챙겨서 밖으로 나왔다.

정금은 엘리베이터에서 내려오자마자 담배를 물었다. 한 모금 깊게 빨고 하늘을 보며 천천히 내 뱉었다. 그러자 다시 복통이 시작되었다. 구멍 난 위에서 피가 흘러내리는 것처럼 쿡쿡 쑤셔댔다. 꼼짝할 수가 없었다.

'아, 이러다가 정말 무슨 일이라도 일어나는 게 아닐까?'

덜컥 겁이 났다.

정금은 차 앞에서 배를 움켜쥐고 고통이 가라앉기를 기다렸다. 11월 중순의 차가운 바람이 가슴을 파고들었다. 가슴에 구멍이라도 난 듯했다.

올해 처음으로 느껴지는 깨끗하고 청명한 하늘을 한

참 올려다보았다. 주변을 둘러보니 낙엽들이 뒹굴고 나뭇가지들이 앙상해져 있었다.

'올해는 또 이런 식으로 가나보네…….'

쓴 웃음이 났다.

정금은 한 시간 남짓 걸리는 사무실을 향해 운전해 갔다. 도착한 회사는 문을 열자마자, 썰렁한 공기와 쾌쾌한 냄새가 혼합되어 저절로 기침이 났다. 정금은 커피 한 잔을 진하게 타서 한 모금 마시고 의자에 몸을 깊숙이 넣었다. 딱히 할 일이 없어도 이렇게 사무실에 앉아 있는 것 자체만으로 불안감에서 빠져나올 수 있었다.

정금은 잠시 눈을 감았다. 피로와 서글픔이 짓눌렀다.

'지난날 얼마나 열심히 살아왔던가?'

스스로 생각해도 47세가 되도록 정금은 일한 기억밖에 없었다. 새벽부터 새벽까지. 매일 매일.

가난한 집안에 태어나서 중학교 때부터 우유와 신문 배달에 온갖 아르바이트를 다하며 학창 시절을 보냈다.

대학에 가서도 물론 일하며 공부했다. 그러면서도 집에 생활비를 보태기도 했었다. 대학 졸업하고, 페인트 영업사원으로 16년간 성실한 직원으로 일했다. 그래서 인정받을 수 있었고, 또 사업에 성공할 자신이 있었다.

'사업을 벌여서는 더 열심히 뛰었건만 왜 이런 지경까지 왔을까?'

'도대체 어디서부터 잘못되었을까?'

오늘은 기필코 모든 걸 정리 정돈하고 새 출발 해야겠다는 생각을 했다. 아니 반드시 사랑하는 은혜와 아이들을 위해서라도. 이제는 정신을 차려야만 했다.

정금은 어제 술자리에서 도대체 얼마나 쓴 건지 궁금해 졌다. 지갑을 열어 보니 카드 영수증에 접대비로 쓴 돈은 90만 원이 넘었다. 올해 들어 생활비를 한 푼도 가져다주지 못한 정금으로써는 이런 말도 안 되는 짓을 언제까지 해야 할지 미칠 지경이다.

"어휴, 정사장이 이 돈의 값어치는 해야 할 텐데……."

정금은 혼자서 중얼거렸다.

"이번 달 대출 이자는 맞출 수 있을지…… 한번 보자." 자신이 한심하고 무기력해서 견딜 수가 없었다.

그동안 쌓인 우편물과 세금 서류를 정리하기 시작했다. 우편물에서 '김창식'이라는 이름이 나오자 정금은 갑자기 치밀어 오는 화를 감당할 수 없었다. 우편물을 바닥에 내동댕이쳤다.

"김창식! 이 개새끼가 진짜!"

거침없이 욕이 나온다.

동업으로 사업을 시작했던 창식이가 올해 초에 다른 투자처를 찾아서 등을 돌리고 말았다. 그가 가기 전만 하더라도 정금의 사업은 희망이 있었다. 2년 가까이 쏟아 부은 친환경 페인트 기술 개발이 될 듯 말 듯 성공이 눈앞에 있었기 때문에 그것만 기대하고 있었다.

사업 시작할 때 2억 대출을 받아서 투자한 기술 개발이었다. 될듯하면서도 완성이 되지 않자, 일 년 후에 추가적으로 1억 더 대출을 받았다. 그 후로 자금이 떨어져 가는데도 마무리가 조금씩 지연되고 있었다. 그래도 곧 긍정적인 결과가 나오리라 믿었는데 결국 창식은 돈이 있는 투자처로 떠난 것이다. 회사 명의가 정금에게 있어 빚 3억이 고스란히 남았다. 더 이상 추진할 돈도 열정도 사라졌고, 오직 상처만 남았다.

지금 정금이가 할 수 있는 최선은 모든 걸 버리고 처음부터 다시 시작하는 것이다. 힘을 내보자고 매번 다짐하지만 시간이 지날수록 기운이 빠지고 자포자기로 술에 빠져 허우적거리기 일쑤다. 남겨진 빚에 울화통이 터지고, 믿고 있던 친구의 배신감에 더욱 몸서리를 쳤다. 그는 대학친구로 오래된 우정을 저버리고 돈을 쫓아서 가 버린 것이다.

얼마 전 다른 친구를 통해서 창식이가 잘 나간다는 소식에 끓어오르는 분노는 극에 달했다. 지독한 배신감에서 절대 벗어날 수가 없었다.

하루는 창식이 집에 칼을 품고 찾아 갔었다. 주먹으로 치고, 욕을 해보기도 했지만 차마 더 이상은 어찌할 수 없었다.

그래도 이렇게 미칠 듯이 분노가 치밀어 오를 때, 정

금은 뭐라도 해야 했다. 전화를 걸었다. 역시 받지 않는다. 분노의 떨리는 손으로 문자를 친다.

'개새끼야, 잘 먹고 잘 살아라. 나한테 걸리지 마라. 걸리면 디질 줄 알아라.'

아무리 해도 분이 풀리지 않는다. 담배를 연거푸 다섯 대를 삼켰다. 담배 연기로 사무실 안이 가득 찼다. 목구멍까지도 가득 채워 입으로 연기가 다시 기어 나왔다. 지금은 유일한 친구가 담배다. 필요할 때 있어주니 고맙기까지 했다.

정금은 다시 정리하기 시작했다. 이제 모든 걸 정리하고 다시 새 출발 해야만 했다.

'제발, 정금아! 정신 차리자. 다시 하면 된다. 저 바닥에서부터 다시 뛰면 된다. 어디 영업을 한두 번 해보나? 다시 한 번 해보자! 우리 가족을 위해서라도 이제는 정신 차리자!'

라고 정금은 몇 번을 다짐했다.

- 🌱 -

핸드폰이 시끄럽게 울렸다. 친구 상철이에게 전화가 왔다.

"정금아, 오늘 저녁에 우리 모임 있는 거 알제?"

그러자 오늘 아침 화난 은혜의 얼굴이 떠올랐다.

"아, 맞나? 근데 오늘은 내가 몸이 좀 안 좋아서 못 갈 거 같은데…… 우짜지?"

"뭐라카노? 니 빠지면 우리가 뭐 하러 모이노? 안 되는 거 알제? 니는 빠지면 절대 안 된다. 무조건 나온나 알겠제?"

이런 말에 멈칫거리며 집에 빨리 들어가기 싫다는 생각이 들었다.

'마지막으로 오늘까지만 술 먹고 낼부터 끊으면 되잖아.' 생각을 바꿨다.

"아, 그래, 그래, 알겠다. 시간, 장소, 문자 찍어 놔라."

정금은 고등학교 친구들의 저녁 모임을 생각하니, 웃음이 났다. 상철이가 말하면서 정금이 아니면 모임이 의미가 없다는 말에 더 기분이 좋아진 듯하다. 어쨌든 빨리 서류 작업을 마치고, 홀가분하게 친구들을 만나러 가야겠다고 서둘렀다.

그리고 오늘까지만 술을 먹고 모든 걸 털어버리고 새출발 해야 되겠다고 다시 한 번 다짐했다.

'그래, 오늘까지 말끔하게 해결 하는 거야.'

저녁 7시가 되자 횟집으로 모두 모이기 시작했다.

영태, 민규, 태섭, 정금까지 모두 모였는데, 아직 상철이가 오지 않았다. 술이 한잔 들어가자 이미 떠들썩해졌다. 어느새 상철이가 와서 자리에 앉아 있었는데, 그 옆에는 키가 작고 파마머리를 한 통통한 여성과 함께 있었다. 정금이 먼저 말했다.

"상철아, 이 여자는 누군데?"

"아! 다 인사해라. 내 애인이다."라고 상철이가 거들먹거리며 말하자, 정금이가 벌떡 일어났다.

"이 새끼가 미쳤나? 니, 여기가 어디라고 데리고 오는데? 처자식 놔두고 이것들이 진짜 미쳤나?"

이런 거친 말에도 그녀는 꿈쩍도 하지 않고, 웃음을

지었다. 상철이는 조금 멋쩍어하면서 말했다.

"너무 그러지 말고 좀 이해해도. 오늘 만날 시간이 없어서 같이 왔는데 좀 봐줘라. 이사람 성격 진짜 좋아서 같이 놀면 재미있고 잘 어울릴 끼다."

"아이고, 고만 괜찮다. 마 같이 놀면 되지. 안될 건 또 뭐 있노?"

민규가 사태를 수습하려고 얼른 술 한 잔씩을 더 건넸다. 정금은 오늘 친구들이랑 마음 편하게 놀 작정으로 왔는데, 심기가 불편해졌다. 그래서 술잔을 연거푸 세잔을 들이켰다. 그래도 남자들 밖에 없는 모임에 여성 한 사람으로 인해 분위기가 다는 날 과는 달리 떠들썩하니 들떠 있었다.

빠른 속도로 소주가 추가되었다. 모두 취기가 그득해지자 말이 많아지고, 먹는 속도는 느려졌다.

가장 친한 친구 민규가 정금에게 가까이 다가와 이야기를 끄집어내었다.

"정금아, 난 요즘 집에 들어가기 싫다."

"와? 민규 니는 직장도 괜찮고, 딸내미들도 잘 나가

는데 뭐가 문제고? 나 같은 놈도 있는데……."

민규가 땅이 꺼져라 한숨을 쉬며 말했다.

"어휴! 내가 우짜다 이래 됐는지 나도 모르겠다. 세가 빠지게 일하고 집에 들어가면 마누라는 본척만척하고, 밥을 얻어먹은 지도 언제인지 모르겠고, 자식새끼들도 나 쳐다도 안 본다. 나는 그냥 투명 인간이다. 그냥 소파에서 자고, 새벽에 나오고. 내가 무슨 돈 벌어다 주는 기계인 것 같아서 내가 진짜 싫다. 내가 왜 이러고 사는지 모르겠다. 어제는 우리 큰 딸내미가 나보고 뭐라카는 줄 아나?"

"와? 뭐라카든데?"

"늦게 들어 오길래 내가 일찍 좀 다니라 하니까 지한테 뭐 해준 게 있다고 잔소리냐고 오히려 한방 묵었다 아이가. 나 참 어이가 없어서."

민규의 처진 어깨에 손을 얹고, 정금은 땅이 꺼져라 한숨을 쉬었다.

"어떻게 이럴 수가 있노? 정금아, 요즘 같아선 진짜 살고 싶지 않다."

라며 울먹거린다.

"민규야, 니 딸네미가 뭐 안 좋은 일 있겠지. 우리 나이 때는 다 그러고 살지 않나? 나도 마찬가지다. 니랑 하나도 다르지 않다. 우리 애들이랑 집사람도 나를 사람 취급 안한지 오래됐다. 나도 집에서는 투명인간이고 집이 불편하다. 집에 있는 것보다는 사무실에서 일하는 게 차라리 더 편하다니까. 진짜로."

위로의 뜻으로 말하던 정금은 민규와 다를 바 없는 자신의 일상이 떠올라 또 술잔을 기울였다.

눈물을 멈춘 민규는 정금에게 어깨동무를 하고 한참 동안 말없이 몸을 이리 저리 흔들었다. 그리고는 애인이랑 껄껄거리며 웃어대는 상철이를 쳐다보고 말했다.

"정금아. 난 오늘 저 상철이 놈이 저렇게 애인 데리고 왔는게 와이리 부럽겠노? 나는 돈이 없어서 저래도 못한다 아이가. 천지에 사는 낙이 하나도 없다……."

민규는 소주를 맥주잔에 부어 마셨다.

모두 만취가 되어 2차를 가자고 난리다. 상철이가 2차는 자기가 쏜다고 노래방을 향해 앞장섰다. 모두 그 뒤를 따라 움직였다. 상철이는 노래방에 가서 도우미까지 불러주었다.

정금은 오늘도 만취가 되어 시간가는 줄 몰랐다.

새벽 2시가 넘어서자, 정금은 술이 잔뜩 취한 채 집으로 돌아왔다. 현관문을 쾅쾅 발길질을 해댔다. 은혜는 자다가 놀라서 급히 문을 열어주었다. 들어서자마자 정금은 큰 소리로 아이들 이름을 차례로 불러댔다.

"주은아, 주원아 아빠 왔다."

은혜가 정금의 입을 틀어막았다. 그래도 정금은 뿌리치며 막무가내로 소리쳤다.

"내 딸 주은이, 내 아들 주원아! 빨리 나와서 인사해야지."

점점 더 큰 소리로 소리를 질러댔다.

"은혜야, 빨리 애들 불러와!"

은혜가 아이들 잔다고 해도 소용없었다.

"도대체 어디를 간 거야? 주은아, 주원아!"

정금은 현관문 앞에서 신발도 벗지 않은 채 계속 소리를 질러댔다.

"이것들이 빨리 안 나오나? 불효막심한 것들 같으니라고, 이건 모두 니가 잘못 키워서 그런 거야. 알아? 씨발."

욕은 술만 취하면 튀어나오는 정금의 말버릇이다. 은혜가 얼른 입을 막아보려고 했지만 정금은 팔을 잡고 끌어당겼다.

"너 일로 와봐. 내가 할 말 있어."

그제야 정금은 신발을 벗고 거실로 들어서서 소파에 털썩 앉았다. 그리고 재킷을 벗어 바닥에 내던졌다. 양말도 벗어서 던지고 양반 다리를 했다.

이제 본격적으로 시작할 모양이었다.

'또 시작하는구나!'

은혜는 아무런 말없이 찬물 한 컵을 정금에게 가져다주었다. 물을 한 모금 마시더니, 정금은 또 은혜에게 옆에 앉으라고 손짓을 했다. 은혜는 대꾸도 하지 않고, 짜증이 가득한 얼굴로 정금을 내려다보았다. 정금은 또 소리치기 시작했다.

"앉으라고, 여기에! 씨발!"

정금은 꿈쩍도 하지 않은 채 팔짱을 끼고 쳐다보는 은혜에게 잔뜩 화가 났다. 물 한 잔을 다 마시더니 물컵을 바닥에 집어 던졌다. 순식간에 일어난 일이어서 은혜는 피할 수가 없었다. 유리잔 파편이 온 거실에 튀었다. 그리고는 은혜의 콧잔등에서 피가 흘러내리는 걸 느낄 수 있었다. 정금도 유리잔 깨지는 소리에 놀란 듯 이내 조용해졌다.

정금은 소파에 누웠다. 그리고는 리모컨을 더듬거리며 찾았다. TV를 켰다. 소리를 크게 키워 공허한 말들로 거실 안에 가득 찼다.

은혜는 꼼짝하지 않고 깨진 유리컵 위에 서 있다.

방에서 나온 주은이와 은혜가 눈이 마주쳤다. 주은은 충혈 된 눈으로 엄마를 쳐다보고 있었다.

당황한 은혜는 얼굴에 흐르는 피를 손으로 아무렇게나 닦으면서 말했다.

"주은아, 엄마 괜찮아. 얼른 들어가서 자야지? 어서!"

라고 하며 화장실로 급히 몸을 피했다.

3장. 두려움 속으로

은혜는 참았던 울음이 터져 나왔다. 화장실의 환풍기 소리가 울음을 감싸 안아 주었다.

거울에 비춰진 자신의 마음과 마주했다.

눈물이 피투성이 얼굴 위로 흘러내린다. 하염없이…….

입을 틀어막아도 울음이 멈추질 않는다.

그러자 화장실 바닥에 주저앉아 흐느끼기 시작했다.

한참 후 마음이 고요해졌다. 갑자기 주은의 눈빛이 떠올랐다. 주은은 오늘 밤늦게 들어와서 방문을 잠그고 문을 열어 주지 않았다. 은혜가 걱정했는데, 좀 전에 그런 모습으로 마주친 것이다.

'우리 주은이가 분명히 무슨 일이 있었을 텐데…… 무슨 일이지?'

은혜는 찬물에 세수하면서 피를 닦아내고, 상처를 밴드로 지혈했다.

그리고 다시 거실로 나와서 깨진 유리 조각부터 주웠다. 하나씩 주울 때마다 두려운 생각이 밀려들었다.

앞으로 '우리 가정이 어떻게 될까?'를 생각하니, 부정적인 생각으로 가득했다. 유리 조각처럼 산산조각이 날 것만 같았다.

'어떻게 하다가 우리가 이렇게 되었을까?'

'왜 나는 남편을 원망하는 여자가 되었을까?'

'왜 이토록 두려울까?'

은혜는 앞으로 가족들에게 무슨 일이 벌어질 것만 같은 한없는 두려움 속으로 빨려 들어갔다.

유리조각을 모두 치우고, 식탁 의자에 앉았다. 주위를 둘러보았다.

33평 아파트에 아직도 쓸 만한 인테리어로 손때와 정

성이 곳곳에 묻어 있었다.

3년 전 아파트에 이사 올 때만 해도 은혜는 이 세상 모든 걸 가진 듯 행복했었다. 결혼한 지 15년 만에 처음으로 집 장만한 것이었다. 남편의 성실한 점에 대해 늘 고마워했었다.

은혜는 언제나 정금을 믿었고, 내조도 잘 할 자신이 있었다. 그래서 이 집에서 평생 행복하게 살 거라 생각하고, 모든 인테리어를 은혜가 직접 정성들여 하기 시작했었다. 은혜는 집 꾸미기에 꼬박 3개월이 걸렸다.

오래 쓸 수 있는 원목으로 목공소에 가서 직접 맞춘 식탁이 여전히 정겹다. 그 벽에는 가족들과 식사할 때 함께 볼 수 있도록 가장 행복하게 웃고 있는 가족사진을 골라 확대해서 걸어두었다. 벽지는 유행타지 않게 따뜻하고 포근한 느낌이 나는 달빛의 은은한 색으로 주방과 거실을 장식해서 카페 분위기가 나게 했다. 직접 그린 소박한 풍경그림으로 포인트를 주고 만족해하며 기뻐했던 은혜였다.

이집에 있는 모든 소품 하나하나를 은혜가 구상하고

직접 만들어서 몇 달 동안 모두 꾸며놓은 것이었다. 모두 곳곳에 은혜의 손길이 머물러 있었다.

거실에도 은혜의 소박함이 그대로 있다. 화려하지 않은 액자로 아이들이 자라난 순수함을 그대로 넣고 벽을 정감 있게 장식했다. 거기에 걸맞은 천으로 된 소파를 고르고 하나씩 제자리에 들어갈 때에는 이 가정을 천국으로 만들고 싶었다.

은혜는 일만하는 정금을 위해서 더 좋은 아내가 되고 싶었다. 또 주은이와 주원이를 위해서 자상하게 잘 키워낼 자신도 있었다. 적어도 이 공간에서 잠시나마 행복했었다.

은혜에게 어릴 적부터 꿈이라면 살림 잘하는 현모양처가 되는 게 꿈이었다. 그 꿈은 은혜에게는 소중했지만 다른 사람들에게는 평범해서 무시당하기 쉬운 소박한 꿈이었다.

그것마저 이렇게 무너져 버리리라고는 상상하지 못했다. 날이 갈수록 점점 더 미궁으로 빠져드는 듯 했다.

오늘 일하러 나가서 겪은 처참함이 생각나자, 은혜를 더욱 두려움 속으로 몰아넣었다. 그 두려움이 온몸을 휘감는 듯 했다. 도저히 헤어 나올 수 없는 터널로 들어온 것을 깨달았다.

'왜 이렇게 같은 환경에서 같은 사람들이 모여서 이처럼 두려움을 만들어낼 수 있을까?'

-

올해 초 정월 대보름날이었다.

남편 정금은 저녁에 퇴근해서, 은혜에게 심각한 얼굴로 할 말 있다고 했다. 한동안 끊고 있었던 술을 며칠째 다시 마시는 걸 보고, 은혜는 불길한 예감이 들었었다.

정금이 어두운 얼굴로 말하기 시작했다. 그동안 함께 동업했던 친구가 기술을 가지고 다른 회사로 가버렸다고 했다. 기술 개발을 함께 하기 위해 대출도 추가로 내고 사력을 다했지만, 친구가 떠남으로써 모든 게 실패로 끝이 났다고 했다. 그리고 고스란히 사업에서 빚으로 3억이 남아 있다고 가슴을 쳤다. 그동안 목숨 걸고 했지만, 결국 실패해서 미안하다고 처음으로 은혜 앞에서 눈물을 보였다.

정금은 처음부터 다시 영업으로 뛰면 금방 일어설 수 있을 것이라고 기다려 달라고 했다. 그러나 지금은 빚 갚는 것에만 매달려도 역부족이라며 당분간 생활비를 주지 못하겠다고 했다.

다른 모든 것은 정금이 스스로 해결해 보겠다며 걱정 말라고 은혜에게 다짐했다. 은혜는 청천벽력 같은 말에 앞이 캄캄했지만 정금이 안쓰러워서 내색하지 않았다. 원래 일밖에 모르는 사람이었지만 이 년 전부터 사업을 시작하고서는 하루도 제대로 편히 잠을 자는 것을 볼 수 없었다. 그토록 성실하게 일했던 남편이었기에 이런 결과가 더욱 그녀를 아프게 했다.

어떻게든 정금을 돕고 싶었다.

그러나 은혜는 평생 소원했던 안락한 거주지를 포기

하기 싫었다. 그동안 남편으로서 은혜에게 보여준 성실함을 잘 이해하고 있었기 때문에 은혜로서는 어마어마한 빚이었지만 어떻게든 정금이 해결해나갈 수 있겠다는 믿음을 가졌다. 모든 것은 시간이 지나면 해결될 줄 알았다.

은혜는 오히려 남편에게 용기를 주었다.

"여보, 괜찮아. 우리 다시 처음부터 하면 되잖아. 나도 이제 애들 좀 컸으니까 나가서 생활비 정도는 내가 한번 벌어볼게. 이렇게 몇 년 하다 보면 우리도 다시 자리 잡을 수 있을 거야. 대신 술은 먹지 말고 우리 다시 힘내자."라고 정금에게 말했다.

처음에는 심각하고 몹시 두려웠지만 오히려 정금에게 힘을 주는 말을 하고나니, 은혜도 왠지 해낼 수 있을 것 같았다.

그 후로 은혜는 생활비를 벌어보고자 일자리를 찾아 나섰다. 대학 졸업하자마자 정금과 결혼한 은혜는 한 번도 제대로 사회에서 돈을 벌어 본 적이 없었다. 더구나 마흔이 넘어선 가정주부가 할 수 있는 일은 아무 것도 없었다.

어느 식당에 '주방 아줌마 구함'이라고 적혀 있어서 들어가 봤더니, 한 달 동안 꼬박 일해서 월급 백만 원 남짓이라고 했다. 그래도 은혜가 할 수 있는 일이어서 식당에서 일을 했다. 그러나 한 달이 채 되지도 않았는데, 은혜는 허리에 담이 생기고 서있을 수도 없었다. 치료를 받고 다시 마트에 캐셔로 일자리를 잡았다. 이 또한 힘든 노동이어서 힘들었고, 아이들 교육비와 생활비로 턱없이 모자랐다.

은혜는 점점 궁지에 몰려갔다. 친정에 가서 생활비를 빌리고, 또 여동생에게도 돈을 빌려서 버텼다. 사회에서 일을 하며 돈을 번다는 것이 이토록 어려운 일일 줄은 상상도 못했다.

칠월 중순쯤에 보험 회사에 다니는 은혜 친구가 집으로 놀러 왔다. 이런저런 얘기를 하다가 은혜가 혹시 자신도 할 수 있는 일이냐고 물어보았다. 그 친구는 자신도 할 수 있는 일인데 뭐가 문제냐고 당장 함께 해보자고 부추겼다. 그렇게 해서 은혜는 얼떨결에 보험회사에 다니게 되었다.

보험회사에 다닌 지 벌써 석 달째다. 그동안 가족과 친인척을 제외하고는 은혜가 제대로 보험가입을 한 사람은 한 건도 없었다.

얼마 전 정금이가 소개해준 거래처 사장이 있었다. 정금은 자신이 많이 도와준 사람이기 때문에 분명히 가입할 거라고 확신하고 소개해 주었다. 은혜는 기대를 하고 찾아가서 두 차례 상담을 진행하고 첫 계약에 성공했다. 정금에게도 계약 소식을 알리고 진심으로 고맙다는 말을 여러 번 했다. 솔직히 그 계약으로 인해 자신감이 생기기 시작했다. 그러나 이튿날 아침에 계약자의 부인으로부터 전화가 걸려왔다. 은혜는 고객의 부인이라고 하자, 가슴이 덜컥 내려앉았다. 계약을 하고 이튿날 가족으로부터 전화가 온다면 그것은 '철회될 확률이 높다'라는 팀장의 말이 있었기 때문이다. 아니나 다를까 그 부인은 황당한 요구사항을 말했다. 그것은 친한 친구가 보험회사에 다니는데, 그쪽은 두 달 치 보험료를 대신 내준다고 하는데 은혜도 그리 해 줄 수 있느냐고 노골적으로 말해서 몹시 당황했다.

은혜는 첫 계약에서 이런 일을 겪을 줄은 생각도 하지 못했다. 그러나 망설임 없이 그렇게는 못한다고 하고 당당히 말했다. 마음은 시원했지만 일에 대한 자신감은 더욱 떨어졌다. 한편 정금을 생각하니, 그 부인 때문에 철회를 했다는 말을 하지는 못했다. 정금의 자존심을 더 상하게 할까봐 차마 입을 뗄 수 없었다.

은혜는 일에 대한 스트레스를 심하게 받고 있었다. 더구나 영업성과가 없어서 더욱 스트레스가 커갔다. 회사에 나가면 사방 벽면으로 직원들마다의 실적이 붉은 그래프로 그려져 있고, 담당 팀장은 실적이 없는 은혜를 은근히 무시하며 구박을 주었다. 심지어 동료들까지도 은혜를 무시하기 일쑤였다.

은혜는 말할 수 없는 고통의 연속이었다.

며칠 전 기필코 계약을 성사해야겠다고 다짐하고 서

울 강남에 사는 친구 미숙에게 몇 번 심호흡하고 전화를 걸었다. 친구 미숙은 초등학교 때부터 허물없이 지내온 오랜 친구였다. 안부를 간단히 전하고 보험 회사에 다닌다고 하니 미숙은 "보험을 많이 들어두었다."라고 먼저 거절의 말을 했다. 그래도 은혜는 예상했듯이 "애들한테 꼭 필요한 것이 있으니까 부담 가지지 말고 한번 만나자."고 했다.

미숙이 잠시 망설이더니 그러면 토요일에 시간이 된다며 겨우 약속을 잡은 것이었다. 은혜는 마음속으로 생각했다. 어린이 보험으로 월 보험료 3만 원 정도면 부담감 없이 할 수 있을 거라 생각하고 어린이 보험으로 두 개의 청약서를 준비했다.

대구에서 승용차로 4시간 가까이 걸렸다.

그래도 처음으로 가족이 아닌 보험계약을 성사를 할 수 있다고 생각하고 들떠서 마다하지 않고 갈 수 있었다. 은혜는 내심 미숙이 부자로 잘 사니까 추가적으로 계약을 할 수도 있고, 또 소개를 받아내면 영업의 길이 열릴 수 있다고 기대도 했다.

약속한 시간에 도착했다. 미숙은 생각했던 것보다 더 좋은 아파트에 살고 있었다.

은혜는 오랜만에 보는 친구 미숙과 반가움에 서로 여러 가지 이야기를 했다. 미숙 남편의 사업이 잘 된다고 자랑도 늘어놓았다. 그런 이야기를 들으면서 은혜는 '오늘 계약에는 별 무리가 없겠다'라고 내심 안심하기도 했다. 여러 이야기 끝에 은혜가 겨우 보험 상담을 시작했다. 아이들 보험으로 보험료가 3만 원이라고 얘기를 하자, 미숙은 생각해 보겠다고 서류를 놓고 가라고 하는 것이다. 은혜는 그 순간에 얼굴이 화끈거리며 달아올랐다. 전혀 예상치 못한 일이어서 무슨 말이 어떻게 해야 할지 앞이 캄캄했다. 이 자리에서 결정을 내려야 한다는 말을 하고 싶었지만 차마 할 수가 없었다. 그것이 무슨 자존심이라고 입 밖으로 나오지 않았다. 그럼 생각해 보라고 하고 서류를 두고 서둘러 가방을 들고 뒤돌아서서 나왔다.

'도대체 무슨 일이 생긴 걸까?'

은혜의 달아오른 얼굴은 쉽게 가라앉지 않았다. 가

슴까지 뛰기 시작했다. 차 안에서 부끄럽고 서글퍼서 눈물이 핑 돌았다. 그렇게 다시 4시간 동안 운전해서 집으로 돌아왔다.

은혜는 더 이상 일할 수가 없을 것 같았다. 회사 내의 다른 사람들의 시선과 팀장이 조롱이 눈에 선해 왔다. 이제 견딜 수 없을 거 같았다. 더구나 은혜는 돈을 벌어 정금을 도와서 생활비에 보태고 싶었지만 오히려 돈을 더 축내고 있었던 것이다.

이루 말로 다 할 수 없는 자괴감으로 빠져들었다. 너무나 무능하고 하찮은 존재가 되어 버렸다. 은혜는 이 세상에서 할 수 있는 일이라고는 하나도 없는 것 같이 느껴졌다.

대구에 도착하자 노을이 지고 있었다. 은혜는 마음이 무거운 채로 집에 들어가기 싫었다. 친정엄마 집으로 향했다. 지금은 무조건 자신의 편을 들어주는 사람이

필요했기 때문이다. 아파트 앞에서 친정엄마가 좋아하는 토마토, 단감, 사과, 밤, 이렇게 한가득 담았다. 현관 벨을 눌렀다. 그러자 하얀 백발의 친정엄마가 나왔다.

"아이고, 우리 은혜 아이가? 어떻게 연락도 없이 오노?" 하고 은혜를 꼭 안아주었다. 은혜 마음을 알기라도 한 것처럼.

"울 엄마 보고 싶어서 왔지." 은혜의 말에 친정엄마는 어쩔 줄 모르고 소녀 같은 웃음을 짓는다.

"얼른 들어 온나! 안 그래도 지금 고구마 삶았는데, 니가 좋아하는 밤고구마라서 니 생각나던데…… 니가 올라고 그랬는 갑다."

친정엄마는 은혜 손을 끌고 안방으로 갔다. 그리고 젓가락 하나와 물을 쟁반에 받쳐 들고 들어왔다. 친정엄마는 삶은 고구마의 껍질을 꽁지까지 모두 벗겨서 젓가락에 꾹 찔러서 은혜의 손에 쥐어주었다. 은혜는 친정엄마의 따뜻한 손길에 얼어붙은 마음이 녹아 내렸다.

"근데 은혜야, 너 어디 아프냐? 왜 이렇게 볼이 쪽 들어갔어? 니가 건강해야지. 요즘 일한다더니 힘든가 보구나. 쯧쯧."

친정엄마가 은혜 볼을 만지며 걱정했다.

"아니야, 난 괜찮아. 엄마가 건강해야지."

은혜는 손에 든 고구마를 한입 먹고, 방 안을 둘러보았다.

못 보던 것들이 벽면에 가득 차 있었다. 익숙한 사진이랑 편지들이 빼곡히 붙어 있었다.

"엄마, 저게 뭐야?"

라고 물으니 친정엄마가 눈을 반짝이며 말했다.

"응, 심심해서, 그냥 보고 싶을 때 보려고 붙였는데 저렇게 있으니까 같이 있는 것처럼 좋더라."

하며 더욱 의욕적으로 일어서서 자랑했다.

"여기 봐라, 니가 나한테 생일 마다 써줬던 편지랑 카드도 붙여놓고, 또 예쁜 사진들은 죄다 붙여놨지."

은혜가 가까이 가서 보니 '사랑하는 엄마에게'라고 쓰인 편지가 한 벽면에 가득 붙어 있었다. 그리고 또 다른 벽면은 어릴 적부터 찍은 사진이랑 결혼할 때 사진도 여러 장 붙어 있었다. 온통 벽에는 친정엄마가 홀로 얼마나 외로운지 말해주는 것 같았다. 그 밑으로 바구니 안에는 약봉지가 한가득 담겨져 있었다. 은혜는 눈시울이 붉어졌다.

친정엄마는 사진이랑 편지를 보고, 그때마다의 감정들을 그대로 표현하기 시작했다. 둘은 서서 한참을 추억을 더듬으며 옛날 얘기를 나누었다. 친정엄마는 사 남매를 홀로 키우느라 한평생 식당일 하면서 고생을 하셨다. 얼마 전에 막냇동생까지 결혼시키고, 모든 걸 정리하고 지금은 홀로 사신다. 아직까지 혼자 사는 것에 익숙하지 않은 터라 은혜는 친정엄마를 볼 때마다 맘이 아프곤 했다. 오늘은 더 깊은 외로움이 전해졌다.

은혜는 엄마의 손을 잡고 말했다.

"엄마, 우리 같이 살까?"

"뭐라카노? 내 아직 얼마든지 혼자 살 수 있다. 지금 내가 얼마나 좋은데, 은혜야 걱정 마라. 진짜 괜찮다. 니나 잘 살아라."

"엄마, 그럼 심심할 때 글 한번 써볼래?"

갑작스런 은혜의 말에 친정엄마의 눈이 커졌다.

"엄마 옛날에 학교 다닐 때 백일장에서 상도 받고 그랬다고 했잖아. 엄마한테 들은 기억나는데……?"

"그야 그렇지. 뭐. 근데 이제 와서 뭐 어쩔 거야."

"지금이라도 하면 되지. 이제 시간도 많은데……. 엄마가 외로울 때마다 글을 써보는 건 어때?"

"아이고, 내가 어떻게 글을 쓰냐?"

"그냥 쓰면 되지. 글을 뭐 대단한 사람만 쓰는 게 아니잖아."

"나 같은 사람이 글을 쓴다고?"

"그냥 엄마가 외로울 때 쓰고 싶은 대로 글을 쓰면 되는 거야. 엄마 마음 가는대로…… 외로울 때 하고 싶은 말이나 생각나는 사람 모두 적어 보는 거야. 또 어디 가고 싶은 마음이나 솔직하게…… 그냥 편지처럼 일기처럼 말야."

"편지나 일기는 내가 쓸 수 있지."

"일기를 친구처럼 생각하고 쓰면 좋을 것 같은데……."

"음, 그러면 한번 해볼까?"

친정엄마가 수줍은 웃음을 지었다.

"엄마, 내가 다음에 올 때 근사한 노트랑 필기도구 사가지고 올게."

친정엄마의 눈빛이 기대에 차서 반짝였다.

친정엄마의 외로움을 달래주려고 낸 의견이 은혜는 스스로 마음에 들었다.

고구마를 다 먹고 싱글 침대에 함께 나란히 누워서 이야기를 나누었다.

"엄마, 요즘 친구들 집에 놀러가?"

"그럼 가끔씩 나가지. 앞에 동네 양로원도 놀러가고 아파트 안에 있는 친구들이 놀러오기도 하고 그래."

"하루에 한 번씩 놀러 나가기도 하고, 그 이외 시간에 엄마가 쓰고 싶은 거 쓰면 좀 덜 외로울 거야."

"그래, 한번 해볼게."

은혜는 친정엄마와 새끼손가락을 걸고 약속했다. 친정엄마와 얘기하면서 오늘 낮에 있었던 복잡한 일들을 잊을 수 있었다. 이미 오늘 있었던 괴로움이 모두 사라졌다.

늦은 밤이 되자, 은혜가 집에 가려고 일어났다. 고구마 먹었던 접시를 치우려고 보니, 주방에 늙은 호박이 눈에 띄었다. 커다랗고 탐스러운 누런 호박이었다.

"와! 늙은 호박이네."

"그래, 그거 엄마 친구가 하나 갖다 주던데, 이쁘제? 너 갈 때 가져가라."

"엄마, 이거 내가 호박죽 해줄까? 조금 남겨서 채 썰어서 호박 찌짐도 해 먹고, 엄마 좋아하잖아."

"그래, 진짜 맛있겠네."

"엄마, 내가 가져가서 담 주에 해가지고 올게. 엄마랑 같이 먹자!"

"그래, 그래. 니가 만들어오면 내야 좋지. 니가 힘들어서 그렇지."

"난 음식 하는 게 취미잖아. 엄마처럼."

은혜는 한결 마음이 편해졌다.

집에 간다고 일어서자, 친정엄마는 진한 포옹을 했다. 헤어지는 게 아쉬워 손등에 입맞춤을 여러 번 했다. 은혜의 나오지 말라는 것을 급구 뿌리치고 엘리베이터까지 따라 나왔다.

친정엄마의 손 흔드는 모습을 바라보았다. 그것은 은혜가 결혼해서 집을 나올 때보다 더 극심한 외로운 몸짓이었다. 오랜 세월에 외로움은 더 진해졌다. 그것을 뒤로 하고 은혜는 늙은 호박을 가지고 걸어 나왔다.

고요함이 은혜를 차분히 가라앉혀 주었다. 주방 한쪽에 놓아둔 늙은 호박이 은혜를 지켜주는 듯 했다. 거실 소파에 널브러져 있는 정금을 쳐다보았다. 깊은 숨소리가 공허하게 들린다.

문득 이런 생각이 들었다.

'남편도 내게 일어났던 일처럼 수많은 자괴감을 견뎌왔겠지?'

그러자 아침에 남편을 몰아세운 말들이 떠올랐다.

'저렇게 술을 먹지 않으면 도저히 하루를 버틸 수 없는 지경인가?'

이런 생각이 미치자, 정금의 숨결이 한숨소리로 들렸다.

은혜와 정금은 캠퍼스 커플로 서로에게 첫사랑이었다. 은혜가 대학교에 입학하자 첫 번째로 다가온 남자가 바로 정금이었다. 신입생 오리엔테이션에서 정금이 늦게 오는 바람에 은혜 맞은편에 앉았다. 정금은 은혜에게 말을 걸고, 과일을 은혜 앞에 가져다주며 다정히 챙겨주었다. 5살 나이 차이가 오히려 일찍 돌아가신 아버지처럼 따스하게 느껴져서 호감이 생겼다.

정금은 은혜가 처음 학교에 나타나던 날, 캠퍼스 잔디밭에 앉아서 음악 듣다가 지나가는 은혜를 지켜보았다. 흰 스웨터에 청바지 차림으로 단발머리를 찰랑거리며 천천히 걸어오는 은혜를 쳐다보자, 눈을 뗄 수 없었다. 은혜는 친구들을 만나서 팔짝 뛰며, 기뻐하는 모습에 눈이 부시게 예뻤다. 정금은 매일 그녀의 주변을 맴돌았다. 신입생 오리엔테이션에도 일부러 늦게 들어가서 친구들 옆이 아닌 은혜 맞은편에 앉은 것이었다.

정금은 학교에서 멀리 떨어진 은혜의 집을 자주 바래다주면서 자연스럽게 서로 사랑에 빠지고 말았다.

둘은 가난해서 김밥 두 줄을 사서 버스를 타고 종점

에서 종점까지 왔다 갔다 하며 데이트를 즐겼다. 함께 있는 것만으로도 충분히 행복했다.

정금은 부지런해서 아르바이트도 가리지 않고 여러 가지 일을 했다. 그중 건설현장에서 지붕에 '아스팔트 싱글'이라는 기술노동으로 돈을 꽤 벌었다. 더구나 장학금까지 받으며 은혜를 든든하게 지켜주었다. 아르바이트 급여를 받는 날에는 특별히 멋진 데이트를 즐기기도 했다. 정금과 연애하면서 은혜에게 가장 감동적이었던 순간은 졸업을 앞두고 결혼하자고 고백했던 순간이었다.

정금은 편지를 써서 카페에서 고백했다. 지금도 눈을 감으면 그 편지가 고스란히 은혜 가슴에 새겨져있다.

이 세상에서 젤 사랑하는 은혜야.

난 너를 처음 보는 순간을 영원히 잊을 수가 없을 거야. 눈부시게 빛났던 너의 웃음이 내게 보내주는 선물인 것 같았어.

널 보면 내 마음이 항상 봄처럼 따스해지고 행

복했거든.

널 만나고 내 생애 이처럼 두근거리고 행복했던 순간이 없었던 거 같아.

은혜야, 앞으로도 영원히 내 곁에 있어 줄래?

나는 이제 네가 없으면 안 되는 사람이 되었어.

지금은 내 몸뚱어리 하나지만 앞으로 더욱 열심히 살아서 너와 함께 행복하게 살고 싶어.

사랑하는 은혜야. 나랑 결혼해줄래?

마음속에 담겨있던 그 편지를 생각하자, 그녀는 잊고 있었던 정금의 사랑이 떠올랐다. 오히려 미안해졌다.

'지금 분명히 나보다 더 힘들 텐데…… 내가 힘이 되어주고 싶어도 하나도 힘이 되 주지 못하고…… 미안해, 여보, 앞으로 우린 어떻게 될까?'

은혜는 아이들을 생각했다. 한참 예민한 시기를 보

내는 주은이와 주원이를 생각하자, 가슴이 타는 것 같았다. 더 이상 이러면 안 된다고 마음이 말하는 것 같았다.

주은이는 중학교까지 줄곧 전교에서 일등을 놓치지 않는 아이였다. 거기에 성격도 활달하고, 외모도 예쁘고 사랑스러워서 친구들도 많았다. 항상 주목 받는 아이였고, 언제나 은혜와 정금에게 자랑스러운 딸이었다.

그랬던 주은이가 고등학교 올라오면서 집안 형편이 어려워지자, 스스로 과외도 그만두고 학원도 그만 두었다. 당연히 성적은 내려가기 시작했다. 요즘은 무슨 이유에선지 엄마에게 말도 잘 하지 않고, 비밀을 많이 가지고 있는 듯 했다.

뭔가 잘 모르겠지만 크게 잘못 되고 있는 것이 틀림없었다. 은혜는 엄마로서 엉망진창이 되어버린 자신 때문이라는 죄책감에서 벗어날 수가 없다.

어쩌면 지금 주은이에게 일어나는 일들이 무엇인지 아는 것 자체가 두려워서 피하고 싶었는지도 모른다. 은혜는 일어나서 주은이를 보려고 방문을 열어보았다. 여전히 주은의 방문은 잠겨 있었다.

'우리 주은이에게는 대체 무슨 일이 일어나고 있는 것일까?'

주은이에 비하면 상대적으로 막내 주원이는 약하고 소심한 아이다. 아마 은혜를 닮은 듯하다. 또래에 비해 키도 작고, 약하고 소심해서 은혜는 늘 주원이를 신경 써야만 했다.

신학기가 될 때마다 주변 친구들을 잘 사귈 수 있도록 세심한 배려를 해 주어야만 친구랑 지낼 수 있었다. 그래서 친구들에게 말 거는 방법도 여러 가지로 연습시키곤 했다. 또 은혜가 먼저 친구들의 엄마와 친하게 지내면서 집으로 초대하기도 해서 주원이에게 친구를 만들어주기 위해 노력해야만 친구들을 사귈 수 있는 아이였다. 그래도 주원이는 가끔씩 외톨이로 지내는 모습에 늘 신경이 곤두섰다.

이제 초등학교 6학년이 되어서 괜찮겠지 싶었지만 여전히 주원이는 혼자서 외로워하는 거 같다. 생각해보니 요즘 주원이의 웃는 얼굴을 본 적이 없었다. 그래도 엄마에게는 언제나 웃어주면서 하루에 있었던 이야기를 남김없이 했던 주원이었다. 꼭 챙겨줘야 할 주원이조차 신경을 못 쓰고 일한다며 밖에 있었던 자신을 다시 자책했다.

주원이 방문을 열었다. 주원이는 세상 모르고 엎드려 잔다. 오락을 하다가 지쳐서 자는지 핸드폰을 손에 쥐고 있다.

'우리 주원이는 아직까지 손길이 많이 필요한 아이인데 요즘은 어떻게 지내는지…….'

은혜는 그 말도 안 되는 일을 하느라 주원이를 방치해 두었다고 생각하니, 자신에게 화가 났다.

'주원아, 엄마가 미안해. 진짜 미안해.'

땀으로 헝클어진 주원이 머리를 쓰다듬어 주었다.

'나는 왜 멋진 꿈을 꾸지 않고 그저 그런 사람이 되었

을까? 바보처럼……'

은혜는 기억도 나지 않을 만큼 아주 어릴 때, 아버지가 돌아가셔서, 홀로 된 친정엄마가 은혜와 동생을 키우느라 얼마나 고생을 하셨는지 모두 기억하고 있다. 그래서 은혜는 아버지가 있는 아이들이 언제나 부러웠다.

은혜는 결혼을 하고, 남편에게 정말 잘 대접해주는 아내가 되고 싶었다. 아이들에게도 지혜롭게 잘 보살피는 엄마가 되어서, 가정을 천국으로 만들고 싶었다. 오로지 그 꿈 하나가 유일했다. 그런 꿈 때문인지 은혜는 집안일에 관한 한 모든 것을 유능하게 잘하는 엄마였다. 음식 솜씨도 일품이다.

정금과 아이들은 식사할 때마다 음식 맛에 감탄하며, 은혜에게 엄지를 자주 내밀어 주었다. 그럴 때면 모든 것이 보상되는 기쁨에 행복했다.

은혜에게 정금이 다가와서 서로 사랑을 나누고, 은혜는 정금을 통해 안도감을 얻으며 살 수 있었다. 서로 가난했지만 하나씩 이루어져 가는 소박함조차 은혜는 행복했었다. 그렇게 잠시 꿈을 이룰 수 있었다.

그러나 지금은 전혀 행복하지 않다. 미래도 보이지 않고 캄캄하기만 하다.

'가정에 위기가 왔을 때, 스스로 나약한 여자가 아닌 능력 있고 강한 여자였다면 얼마나 좋을까?'

은혜는 그동안 마음에 있던 꿈을 후회했다.

남편을 위해 아이들을 위해 지금 아무것도 할 수 없는 스스로의 모습에 은혜는 힘이 모두 빠졌다.

4장. 꿈을 찾아서

5월 중간고사 첫날이다.

주은은 시험 준비를 제대로 못했지만 별로 걱정이 되지 않았다. 여전히 얼굴에서 생기가 돌고 자신 있는 발걸음이다. 교실 안에서 시험 보기에는 아까울 정도의 화창한 날씨다. 교정에 피어있는 장미를 보자, 이어폰에서 들리는 랩을 흥얼거리며 춤추듯 걸었다.

첫째 날 한국사와 국어는 여느 때와 다름없이 주은의 실력으로 시험을 잘 볼 수 있었다. 그래서 고등학교 성적도 유지할 수 있을 거라는 막연한 자신감이 들었다.

둘째 날이었다. 첫째 시간 수학 시험을 보는데 느낌이 좋지 않았다. 주은은 처음으로 못 푸는 수학 문제를 만났다. 당황스러웠다.

더구나 둘째 시간인 사회에도 실수가 있었다. 좀처럼 시험에서 실수한 적이 잘 없었던 주은은 이상한 기분이 들었다. 점점 신경 쓰이기 시작했다.

아니나 다를까 유리가 주은에게 찾아왔다.

"주은아, 너 시험 잘 봤어?"

"뭐, 그럭저럭 봤지. 어렵게 나왔던데…… 넌?"

"응, 오늘 문제 진짜 어렵긴 하던데 우리 과외 쌤이 짚어준 데서 좀 나왔어. 다행이지 뭐."

주은은 속으로 열이 올랐다.

"주은아, 너도 다음 달부터 우리 샘한테 수학 할래? 니가 한다면 내가 소개해 줄게."

유리는 태연하게 말했다. 그리고 무척 신나 보였다.

초등학교, 중학교 내내 친구인 유리가 단짝 친구이자 경쟁자였다. 유리는 고액 과외로 주은을 이기려고 많은 애를 썼다. 그러나 단 한 번도 주은을 이겨본 적이 없었다. 그래서 유리는 언제나 질투심으로 가득 차서 주은에게 예민하게 굴었다.

주은은 그래도 유리를 이해하면서 친구로 대해 주었다.

유리는 항상 공부에 집중하는 반면, 주은은 틈만 나면 친구들과 어울리고 노래 부르기를 즐겨 했다. 이런 자유로운 생각 때문인지 주은은 친구들 사이에서도 인기가 많았다.

고등학교 올라가자마자 아버지의 사업이 실패했다는 것을 주은은 이미 알고 있었다. 그래서 스스로 학원과 과외를 그만 두고, 혼자 힘으로 해보겠다고 걱정 말라며 큰소리 쳤다. 성적에 별로 신경 쓰지 않았지만, 엄마에게는 신경이 쓰였다. 또 음악에 빠져 있으면서 혼자서 성적을 유지한다는 것이 쉽지만은 않았다.

이제는 주은도 유리가 밉살맞게 보였다. 또 유리 때문에 성적에 더 예민해지는 것 같았다. 유리가 분식집에 가자고 했지만 주은은 먹을 기분이 아니었다. 곧장 집으로 돌아왔다.

성적을 전혀 신경 쓰지 않는다고 생각했는데, 내심 마음에서는 그런 게 아니었나 보다.

주은은 마음을 다잡고 다음 날의 시험공부인 영어를 하기 위해 책상 위에 앉았다. 교과서 정리를 하고 문제를 푸는데 만만치 않았다. 예감이 좋지 않다. 그러자 엄마 얼굴이 떠올랐다. 유일한 자랑거리인 성적이 엄마에게 실망을 가져다 주리라는 걸 생각만 해도 미안했다. 이렇게 주은은 성적에 대한 스트레스를 받을 줄은 꿈에도 생각 못 했다.

주은은 책을 덮고 기타를 들었다. 방문을 잠그고 커다란 이불로 책상 위를 덮어 씌웠다. 주은은 기타를 들고 책상 밑으로 들어가서 자리 잡았다. 아늑한 공간에서 노래하기 시작했다.

'비틀즈'의 'I Will'은 주은이가 가장 좋아하는 노래다. 한참 부르고 나니 기분이 좋아졌다.

준석에게 문자가 왔다.

"주은아, 뭐해?"

"놀지, 뭐."

"뭐하고 노는데?"

"기타 치고."

"너 시험공부 안 해?"

"그러게 말야, 해야 되는데 잘 안되네."

"넌 뭐하는데?"

"난 지금 오디션 준비 중이야."

"벌써?"

"중간고사 끝나는 날에 오디션 있어."

"그럼 그 오디션에 합격하면 가수가 되는 거야?"

"아마 그렇게 되겠지."

"우와! 준석아, 멋있다."

"아직은 잘 모르겠어."

"주은아, 같이 갈래?"

"내가 서울까지 어떻게 가냐?"

"기차 타고 가면 되지. 안될 게 뭐야?"

"난 안될 것 같아. 엄마한테 거짓말하기도 싫고……."

"그래도 생각해봐. 너도 어차피 오디션에 서야 하

니까."

"응, 생각해 볼게. 열심히 해."

"그래, 내일 시험 잘 봐라."

준석과는 중학교 연극반에서 만났다. 주은은 세상에서 경험한 것 중에 가장 좋아하는 것이 연극이었다. 중학교 시절 연극반 활동이 너무 재미있었다. 그래서 3년 내내 준석이와 친하게 지낼 수 있었다.

주은은 무대에서 모든 삶을 담아내는 연극, 특히 무대에서 노래를 부르며 연기하는 뮤지컬 배우가 꿈이 되었다. 준석과 연극반 아이들과 함께 연기를 하면서 연기에 대해 공부하고 함께 나눌 수 있어서 중학교 3년 내내 자연스럽게 꿈을 키워갈 수 있었다. 3학년 때는 준석과 함께 시나리오를 만들면서 서로 의견을 쏟아내기도 했다.

주은이가 연극을 좋아할 수 있었던 것은 배우로서 다른 이의 삶을 담아내고, 무대에 올라가서 온전히 책임지고 집중할 수 있는 게 어느 것보다도 재미있었다.

점점 연극 안에서 성장하는 과정도 즐거웠다. 인간의 아픈 삶을 생생하게 그려내는 살아 있는 연기를 맛볼 때 주은은 자기 스스로 마음에 들었다.

또 주은이가 한 가지 깨달은 사실은 연극은 어떤 교육에서도 느낄 수 없었던 친구끼리 힘을 모아 서로 의지하고 협력할 수 있도록 해 준다는 느낌이 좋았다. 평소 자신을 잘 드러내지 않는 내성적인 아이들도 막상 역을 맡으면 모두가 소홀함 없이 자기 맡은 일을 잘 해내는 것이었다. 그것이 더욱 사로잡았다.

매주 수요일마다 방송실에 모여서 연극 연습하는 날은 기다려지는 날이었다. 가끔씩은 토요일 날 전문가를 모시고 연극 지도를 받기도 했다. 곧 공연이 있을 때에는 쉬는 날도 마다하지 않고, 아이들이 모두 참석해서 마음에 들 때까지 연습했다.

실제 연극을 무대에 올릴 때는 무대 뒤의 스태프까지 함께 한다는 점에서 자연스럽게 배려심과 협동심을 함께 기를 수 있어서 좋았다.

2학년 때 주은이가 주인공을 맡았을 때, 막상 무대 위에 올라가서 자기를 표현하고 또 많은 사람들의 시선을 받으며 연기를 한다는 것이 얼마나 큰 성취감이었는지 말로 다 할 수 없었다. 특히 노래를 부르면서 큰 제스처와 함께 무대를 장악하는 뮤지컬 배우는 주은에게는 꿈을 키우는 결정적인 계기가 되었다.

마지막 공연에서 박수를 받으며, 무대가 사라지는 것을 보면서 주은은 결심했다. 정말 뮤지컬 배우를 해야겠다는 꿈을 갖게 되었다. 그래도 차마 꿈이 뮤지컬 배우라는 것을 엄마에게 말하지 못했다. 엄마는 언제나 공부 잘하는 주은이를 자랑스러워했기 때문이다. 주은은 엄마가 공부로 성공하길 진심으로 바란다는 것을 잘 알고 있었다.

"우리 주은이는 공부 잘하니까 교수나 법조인 해도 되겠다." 엄마는 늘 그렇게 말했다.

어쩌면 주은은 연극을 하고 싶어서 공부를 더 열심히 했을지도 모른다. 엄마를 안심시켜주기 위해서 말이다.

'어떻게 하면 뮤지컬 배우를 잘 할 수 있을까?'

시험 기간인데도 불구하고 이러한 생각으로 가득 차 있다. 드라마나 영화를 보면 '나라면 이렇게 할 텐데……'라고 상상한다.

주은의 마음속에 언제나 무대에 설 꿈을 꾸고 있다. 그래서 매일 쉬지 않고 발음과 발성 연습을 꾸준히 한다. 노래는 이제 일상이 되어 있었다.

그러나 이제 주은은 안다. 엄마에게 말을 할 때가 되었다는 사실을. 이제 더 이상 미루면 안 된다. 이렇게 하다가는 성적을 유지하는 게 불가능하다는 걸 누구보다 잘 알고 있었다.

영어 시험 시간이다. 중학교 때와는 차원이 다른 난이도였다. 영어 시험으로 이번 시험 성적은 형편없을 거라는 생각이 들었다. 그러자 머리가 아파왔다.

오늘도 어김없이 유리가 웃으며 다가왔다. 유리의 웃음 속에는 그것이 무엇을 의미하는지 고스란히 들어있었다.

"주은아, 오늘은 어땠어?"

"응, 오늘 완전 망한 거 같아. 이제 시험 포기야."

주은은 유리가 듣고 싶은 말을 해주었다.

그러자 유리가 기쁜 미소를 참으며 말했다.

"야, 혼자서 공부하니까 그렇지. 그래도 너 정도면 대단한 거지 뭐. 필요하면 언제나 나한테 말해. 내가 도와줄게."

라고 약을 올렸다. 유리가 진짜 얄미웠다. 전혀 성적에 신경을 쓰지 않는다고 생각을 했는데, 의외의 감정에 놀랐다.

만약 과외를 할 수 있었더라면 이런 기분이 들지 않았을 것이다. 주은은 처음으로 이상한 감정으로 말도 안 되는 질투를 하고 있었다.

주은은 잠시 생각에 잠겼다.

'어쩌면 좀 더 잘 된 건 아닐까? 이번에 엄마한테 모두 말하고 새롭게…… 그럴 수 있을까?'

꿈에 대한 생각만 해도 가슴이 뛰었다.

시험 마지막 날, 과학을 대충 본 주은은 기분이 엉망인 채로 교문을 나섰다. 친구들은 시험이 끝났다고 모두들 떠들썩했다. 여학생들은 대부분 풀 메이크업으로 화장을 하고 놀러 갈 장소를 물색하느라 들떠 있었다.

주은은 모든 게 귀찮아서 집으로 향했다.

그때 준석이가 멋진 오토바이를 타고 주은에게 다가왔다. 다리가 길어서 교복이 잘 어울리는 준석은 환한 얼굴로 기타를 메고, 특유의 자유로움을 느끼게 했다.

준석은 주변에 있던 여학생들의 시선을 모두 모으기에 충분했다. 학교 행사 때 기타 치면서 노래 불렀던 준석이가 얼마나 멋있었는지……. 여학생들은 난리가 났었다. 오늘은 그때보다 더 멋진 모습으로 나타났다. 준석을 보면 항상 신선한 느낌으로 살아난다. 함께 노래 부르며 행복해 했던 자유로움이 다시 꿈틀거린다.

지금 기분에 만나니, 주은은 다시 생기가 돌았다.

준석이 말을 걸어왔다.

"주은아, 나랑 같이 갈래?"

"어디? 그 오디션?"

"응, 시험도 끝났는데, 나랑 같이 가자."

주은은 오히려 같이 가자는 준석이 말이 반가웠다.

망설일 것도 없이 주은은 고개를 끄덕거렸다.

"자, 주은아, 여기 타."

준석은 오토바이에서 내려서, 미리 준비해온 듯 작은 헬멧을 씌워 주었다.

오늘은 친구들의 부러움으로 가득 찬 눈길이 싫지 않았다. 특히 유리가 보고 있어서 더 으쓱해졌다. 마음 가는 대로 자유롭고 싶다.

오토바이 사이로 느껴지는 시원한 봄바람이 자유로움 그 자체다. 왠지 새로운 길이 열릴 것 같았다.

준석은 주은을 데리고 지하 연습실로 들어갔다. 연습실은 연극하는 작은 소극장이었다. 준석은 연습을 해야 된다고 서둘렀다.

"주은아, 오늘 오후 5시에 서울에서 오디션 있으니까

한 시간만 연습하고 출발해야 해."

"그럼, 우리 오늘 집에 들어올 수 있어?"

"당연하지. 9시쯤 기차 타면 충분해."

"알았어."

주은은 설렌다. 오늘만큼은 아무에게도 방해 받지 않고 즐거움을 만끽하고 싶었다. 사실 준석의 말은 가슴이 뻥 뚫리는 말이었기 때문이다. 계속 답답하게 혼자서 꾼 꿈이었다. 준석의 오디션을 본다는 것 자체로 꿈을 실현하는 것 같이 기뻤다. 곧장 준석은 노래를 연습하기 시작했다.

준석이 기타를 들고, 튜닝을 하는 순간에 주은은 뭔가 멋진 일이 벌어질 것 같았다.

"주은아, 잘 들어봐. 이거 내가 직접 작사 작곡한 노래야." 준석은 멋쩍게 말했다.

"아! 너 진짜 멋있다. 한번 불러봐." 기타 소리가 울리자, 주은의 가슴이 뛰기 시작했다.

준석의 목소리는 언제 들어도 감미롭고 부드러웠다. 준석이 직접 작사 작곡한 노래여서 더 특별하게 느껴졌다. 처음 듣는 노래였지만 익숙한 듯 느낌이 좋았다.

'준석이 쟤는 진짜 음악에 천재인 것 같아. 저렇게 재능이 있으니…… 진짜 부럽다.'

주은은 진심으로 그렇게 생각했다.

음악이 좋았고 노래하는 것이 꿈이었지만 스스로 재능이 많다고 생각해 본 적은 없었다. 그런데 준석은 꿈도 음악이지만 타고난 재능도 따라주는 것 같아서 부러웠다. 허리를 구부리고, 기타를 만지는 준석의 손가락은 아주 길고 섬세하게 멋져 보였다.

준석이 직접 작사한 노랫말까지 주은의 마음을 마구 흔들었다.

주은도 함께 노래하고 싶다는 생각이 저절로 들었다. 왠지 준석의 옆에 있으면 꿈에 다가갈 수 있을 것만 같았다.

준석의 노래는 5분이었지만, 꿈을 찾아서 자유를 만끽하기에 충분한 그야말로 멋진 여행 같았다. 주은이 박수를 치며, 기뻐하는 모습을 보고 준석의 마음도 흡족했다.

둘은 동대구역으로 향했다. 역에서 햄버거를 나누어 먹었다. 기차 시간이 다 되자, 준석은 주은 손을 잡으며 말했다.

"주은아, 음료수 사줄까?"

"음료수는 내가 사줄게."

"아니, 내가 빨리 사가지고 올게."

하고 준석은 재빨리 편의점으로 들어갔다.

주은은 기다리는 느낌도 좋았다.

둘은 기차를 탔다. 주은은 기차 안에 앉으면서 더 설레는 마음을 감출 수 없었다.

준석은 주은이가 좋아하는 오렌지주스를 건네며 말했다.

"주은아, 너도 노래하고 싶지 않아?"

"응, 하고는 싶지."

"하고 싶으면 하면 되잖아. 뭐가 문젠데?"

"그게 그렇게 쉽지 않잖아."

"아니야. 어쩌면 모두 너 마음에 달려 있어. 니가 하고 싶다고 진짜로 생각하면 오히려 쉬울 수도 있단 말이야."

"그래도 엄마가 많이 실망할 거야."

"나도 힘들었어. 우리 부모님들도 아직까지 나 반대만 하고……."

"그런데 어떻게 이렇게 할 수 있어?"

"그건 세상에서 내가 제일 좋아하는 일이니까 그렇지. 어떤 것도 비교할 수 없을 만큼 좋으니까."

"너 진짜 멋있다."

"내가 음악 하는 거 좋아하는 사람이 현재 나랑 너, 두 사람뿐이야." 하고 준석은 의미 있는 미소를 보낸다.

"나중에는 너 노래 좋아하는 사람이 상상할 수 없을 만큼 많을걸. 내가 장담할 수 있어."

그 말에 준석은 큰 손으로 주은의 손을 꼭 잡아 주었다.

주은은 준석이 열정을 닮고 싶었다. 단 오늘 하루만이라도 말이다.

"주은아, 오늘 나 하는 거 보고 너도 마음이 시키

는 대로 했으면 좋겠어." 주은은 말없이 준석을 바라보았다.

"내가 도와줄게." 준석이 어깨동무를 해 보였다.

주은의 가슴이 트이는 것 같았다. 준석이가 정말 든든해 보였다. 오늘 이렇게 나타난 준석이가 고마웠다.

오디션 보는 장소는 신선했다. 기획사가 유명한 곳이어서 그런지 규모 있게 공개 오디션이 진행되었다. 말로 표현할 수 없는 긴장감이 돌았다. 주은은 준석을 위해서 함께 온 것이 다행이라고 생각했다. 주은은 준석의 손을 따뜻하게 잡아 주었다.

점수를 채점하는 날카로운 선수들 앞에서 자신의 꿈을 위해 펼쳐낸다는 것 그 자체가 아름다워 보였다. 준석은 연습한 모든 것을 쏟아내기를 바라며 한 시간쯤 기다렸다.

기다리는 동안 주은은 참여한 다른 사람들이 무대에서 오디션을 하는 걸 지켜보면서 점점 자신도 충분히 할 수 있을 것만 같았다.

'저 사람들이 긴장해 그런가?'

어디선가 양복을 말끔히 차려 입은 젊은 남자가 주은이에게 다가왔다.

"학생, 연기하면 잘 할 것 같은데?"

"네?"

"생각 있으면 이리로 연락해요." 하고 명함을 건넸다.

주은은 얼떨결에 명함을 받아들고 유심히 들여다보았다.

'유명 연예기획사 대표'라고 적혀있었다.

자신을 알아봐 주는 듯하여 기분이 좋았다.

드디어 준석이 노래 할 차례다. 주은은 두 손을 모으고 침을 꼴깍 삼켰다. 준석에게 최대한 예쁜 미소로 파이팅을 건넸다. 준석은 흰 와이셔츠에 수수한 청바지 차림이었는데, 훤칠한 키에 벌어진 어깨에 당당함까지 오늘 오디션을 보는 사람들 중에서 가장 눈에 띄는 외모였다. 또한 작사, 작곡을 직접 해서 가져온 사람도 준석뿐이었다.

'이런 준석을 오디션에서 발탁하지 않으면 도대체 누구를 뽑을 수가 있다는 말인가?'

역시 준석은 환상적인 무대를 펼쳐내었다. 목소리는 감미롭고, 특유의 톡톡 튀는 매력으로 무대를 장악했다. 아까 연습했을 때보다 훨씬 더 무대 위에서 자신을 빛내고 멋있게 연출했다. 준석의 무대를 모두 넋을 놓고 보는 듯했다.

주은은 특별한 경험을 했다. 가슴이 말할 수 없이 뛰었다. 적어도 지금은 주은이 역시 '저곳에 서리라'는 생각이 들었다.

오디션이 끝나자, 준석은 주원에게 달려와서 힘껏 포옹을 했다. 기쁨에 못 이겨 더욱 세게 안았다. 주은도 함께 기뻐해주며 좋아했다.

"준석아, 축하해. 진짜 최고였어."

주은이는 엄지를 여러 번 날렸다.

"주은아, 나 오늘 진짜 기분 좋아. 날아갈 것 같아. 니가 옆에 있어줘서 정말 고마워."

"자, 이제 너도 한번 도전해 봐."

"내가 어떻게?"

"너 정도면 충분히 할 수 있지."

"정말? 나도 할 수 있을까?"

"그럼 당연하지. 내가 도와줄게."

주은은 이미 다른 세상에 서 있었다.

돌아오는 기차 안에서 준석과 주은은 손을 꼭 잡고 있었다. 이상한 감정이 느껴졌다. 그동안 느끼지 못했던 오늘은 분명 친구 이상이다.

12시가 가까이 되어서 주은의 집 앞에 도착했다. 둘은 손을 꼭 잡고 있었다. 걸음을 멈추고 준석은 주은의 팔을 끌어 당겨서 주은의 볼에 입을 맞추었다. 주은이 놀라서 붉어진 볼을 만지며 준석을 바라보았다. 준석은 한 손으로 주은의 허리를 감싸 안고 눈을 들여다보며 속삭였다.

"나, 너 좋아해."

주은의 도톰한 입술에 준석의 입술이 포개져서 부드럽고 촉촉했다.

오늘의 느낌처럼.

이렇게 주은은 준석과 첫 키스를 했다.

새로운 삶이 펼쳐졌다.

중간고사 성적이 발표되었다. 전교 12등이다. 성적표를 받아 들고 주은은 한참을 들여다보았다. 이것은 시작에 불과할 뿐이고, 앞으로 성적표가 추락하는 데는 끝이 없을 거라고 예고하는 듯 했다.

예상한대로 유리는 승리의 기쁨을 감추지 못하고 약을 올려댔다. 그렇지만 이제 그런 것에 의미 없었다. 오로지 가슴 뛰게 하는 뮤지컬 배우 생각밖에 없다. 그까짓 성적은 이제 관심 밖으로 물러났다. 준석이 말대로 마음을 먹고 나니까 모든 게 좀 더 쉬워졌다.

막상 엄마의 적지 않은 실망하는 모습을 보자 진심으로 미안해졌다. 주은의 성적이 엄마의 자랑이었고, 자부심이란 걸 잘 알고 있었기 때문이다. 그렇지만 꿈을 이루어서 성공하는 모습으로 엄마 앞에 서면 더 기뻐하실 거라고 자신을 다독였다.

주은은 준석이와 자주 만났다. 구체적으로 음악을 함께 배우고 함께 꿈을 나눌 수 있는 둘은 시간 가는 줄 몰랐다. 긍정적인 준석이와 함께 있을 때는 무엇이든지 이루어질 것만 같았기 때문에 준석이와의 만남이 행복했다.

한 달 후 준석에게 좋은 소식이 연달아 왔다. 오디션 합격소식과 대형기획사에 좋은 조건으로 계약하고 서울로 올라가게 되었다. 준석의 꿈이 그렇게 이루어지는 걸 가까이에서 지켜볼 수 있어서 자신의 일처럼 흥분되었다.

'나도 혼자서 해 보는 거야! 이제 누가 뭐래도 내가 좋아하는 거니까. 후회 없이 한번 해보자!'하고 용기를 내었다.

열심히 연습해서 올해가 가기 전에 기획사 오디션에 한번 참가할 목표를 세웠다.

주은의 새로운 날들에 비해 날이 갈수록 집안의 분위기는 점점 우울하고 무거운 채로 굴러가고 있었다. 엄마는 점점 예민해지고 힘든 모습이어서 말할 수 있는 기회를 찾지 못했다. 그런 이유로 비밀이 많아진 주은은 엄마를 피할 수밖에 없었다. 모든 것은 오디션 합격이라도 하고 엄마에게 털어 놓을 작정이다.

예전 같으면 집안 분위기에 영향을 많이 받았겠지만 지금은 전혀 그렇지 않다. 오히려 주은은 기타를 치고 노래를 부를 때 가장 행복했다.

공부하던 때보다 훨씬 더 자신이 살아 있는 듯한 느낌을 가질 수 있었다. 또 무언가 이루어 가고 있다는 성취감까지 들었다.

준석이와 연습할 때 발성 교정과 단점을 짚어주던 것이 주은에게 도움이 많이 되었다. 그래서 혼자서 연습할 때도 무리가 없었다.

가끔씩 준석이가 하던 연습장에 가서 연습을 하기도 했다. 따뜻함과 배려가 느껴지는 공간이 좋았다. 보고 싶을 때는 자주는 아니어도 통화하고 문자로 진행 과정을 서로 나눌 수 있었다.

또 연극 연습은 중학교 때 알고 지내던 연극학원 선생님을 찾아가서 상황극을 연습했다. 연극학원에 다녀야 하지만 주은은 혼자 힘으로 해보려고 이리저리 쫓아 다녔다.

한발 앞서서 가고 있는 준석이가 있어서 든든했다. 그 길만 따라가면 된다는 생각에 꼭 꿈이 이루어질 수 있다는 생각이 들었다.

드디어 오디션이 있는 11월 둘째 주 토요일이다. 아침 일찍부터 엄마의 고함소리가 들려온다. 아빠가 또 술을 먹고 난장판을 해놓고 엄마 심기를 건드린 모양이다. 그러지 않았던 아빠까지 점점 왜 저렇게 되었는지 생각하기도 싫다. 주은은 고개를 절레절레 흔들고 귀를 틀어막았다.

오늘 중요한 날인만큼 자신만 생각하기로 했다. 혼자서 서울까지 가서 오디션을 봐야 한다는 게 좀 겁이 났지만 준석의 응원에 용기를 내도록 했다. 준석도 오늘 연습이 있어서 빠져나올 수 없다고 해서 혼자서 오디션을 봐야 한다.

오디션 현장이다. 이번 오디션은 기획사 규모가 작아서인지 장소가 협소한 지하실 안이었다. 주은은 처음에는 자신감을 가지기 위해 작은 오디션을 선택했는데…… 들어가는 입구에서부터 자신의 선택이 잘못되었는지를 의심했다. 계단에는 청소가 되지 않아 지저분하고 쾌쾌한 냄새가 났다. 주은은 느낌이 별로 좋지 않았다. 사람들도 인상들이 좋지 않아서 주은은 당황했고 더 떨렸다. 오디션 참가자들도 별로 없었다.

차례가 되자 주은은 심호흡을 하고, 그동안 열심히 준비했던 곡을 먼저 시작했다. 연습만큼은 못했지만 큰 실수는 없었다. 이어서 상황극을 하려는데 심사자는 중단시키고 의외의 질문을 했다.

"박주은 양, 키는 여기 165로 되어있는데 맞아요?"

"네."

그러자 심사위원 가운데 가장 젊고 뚱뚱한 사람이 주은에게로 다가왔다.

"몸무게는 지금 여기 다시 달아봐요." 하면서 체중계를 들이 밀었다. 주은은 망설이면서 체중계에 올라섰다. 그러자 눈금을 보고는 느끼하게 웃어대며 툭 튀어나온 배를 만졌다.

"뒤로 한 번 돌아봐봐." 갑자기 반말이었다. 주은은 내키지 않았지만 뒤를 돌았다.

"음, 어때?" 하고 다른 두 심사자들과 눈빛을 주고받았다.

"다시 얼굴을 정면으로 웃어봐."

"음~ 눈, 코, 치아까지 이거 손 좀 많이 봐야겠는데…… 이것까지 우리가 할 수는 없고. 성형은 해올 수 있지?"

주은은 귀까지 빨개졌다.

'도대체 이게 무슨 말이란 말인가?' 주은은 상상하기도 어려운 대화에 너무 당황해서 말을 할 수가 없었다.

주은은 열심히 노래를 했고, 그것에 대한 평을 듣고 싶었다. 그러나 노래에 대한 평은 단 한마디도 없었다. 단지 주은의 몸에 대한 관심만 있는 듯 했다.

주은이가 용기 내어 말했다.

"제 노래는 어떤가요?"

"아, 그 정도 노래는 개나 소나 다 할 수 있는 거고, 지금 중요한 것은 있는 그대로는 안 되니까 성형을 좀 해야 될 텐데…… 가능하겠지?"

주은은 더 이상 아무 말도 못하고 얼굴이 시뻘겋게 달아올랐다. 그러자 그 사람의 두터운 오른손이 쑥 들어오더니, 주은의 가슴을 만지는 것이다. 너무 놀란 주은은 몸을 숙여 주저앉고 말았다.

"이것도 해야 되겠는데?" 이렇게 말을 하면서 자기들끼리 키득거렸다.

주은은 이런 말도 안 되는 상황에 큰 충격을 받았다. 도망치듯 그곳에서 빠져 나왔다. 토할 것 같았다. 이것은 주은이 본 최악의 세상이었다. 아무런 죄책감 없이 그런 짓을 하는걸 보니, 그곳의 세계는 이미 썩어 있음

을 알 수 있었다.

그런 상황에서 제대로 말 한마디도 못하고 나온 것이 더 화나고 억울했다.

주은은 발가벗겨진 듯한 자책감으로 어찌할 바를 몰랐다. 꼭 돼지 등급 받는 기분만 계속 이어졌다.

그동안 가족 아무에게도 말도 못하고 소중히 간직해 온 꿈이었다.

'그 꿈을 몰래 키우기 위해서 얼마나 애썼던가?'

'정말 말도 안 되는 꿈이었나?'

주은의 꿈은 이렇게 산산조각이 나고 있었다. 도저히 회복할 수 없을 것 같았다.

아무 말도 못하고 아무 항변도 못한 자기 자신이 죽도록 미웠다. 처참한 기분으로 주은은 집으로 돌아왔다.

집으로 돌아오자마자 엄마와 눈이 마주쳤지만 엄마에게 아는 척하지 않고, 방문을 잠그고 주은은 소리 죽여 울었다. 몇 시간을 그렇게 울었다.

새벽녘이 되었을 때, 아빠가 들어오는 소리가 들렸다.

술 취한 아빠의 고성이 들리고 엄마에게 행패를 부리는 소리까지 모두 주은의 마음이 하는 소리와 같았다. 쨍그랑 소리가 나자, 비명소리까지 났다. 주은은 방문을 열어 보았다. 거기에는 오늘 주은이 상처와 같은 얼굴이 마주하고 있었다.

방문 고리가 덜컥거린다.

분명히 엄마가 들어오려는 소리인 줄 알고 있었지만, 도저히 문을 열어 줄 수 없었다. 아직 엄마와 얘기하기 싫었다.

주은은 엄마에게 미안했지만 지금은 어떤 사람과도 말하고 싶지 않았다. 그냥 혼자 있고 싶다.

엄마의 감정보다 또 집안 사정보다 주은에게 일어난 일들이 더 혼란스러울 뿐이다. 주은은 이불을 덮어 쓰고 소리 없이 눈물만 흘렸다.

엄마를 사랑하기는 하지만 엄마와 같은 삶은 살기 싫

었다. 그런데 왠지 오늘 피투성이가 된 엄마의 눈을 마주치는 순간, 엄마 인생과 닮아가는 듯 느껴졌다. 이 상황이 몸서리 쳐질 만큼 싫다.

그냥 멋지고 즐겁게 살고 싶었다. 자신이 좋아하는 일 하며 언제나 꿈꾸며 살고 싶었다. 그리고 인정받는 반짝반짝한 삶을 살고 싶었다. 엄마처럼 저렇게 집안 살림 이외에는 아무것도 할 줄 모르는 여자의 일생으로는 살기 싫었다. 그렇다고 아무 생각 없이 공부만 하는 삶도 싫었다. 그래서 주은이가 처음으로 가져본 꿈이었다.

주은은 어릴 때부터 엄마가 시키는 대로 열심히 공부를 했고, 무엇이든지 탁월한 성과를 보였다. 고등학교 올라오면서 공부 보다는 자신이 좋아하는 일을 하며 살고자 처음으로 용기를 내었는데…… 노래를 부르면 자유롭게 날아오르고 또 연극 속에 있을 때는 내면의 뜨거운 무언가를 느낄 만큼 좋았다. 그 꿈에 몰두해 있을 때 자신이 가장 행복하다는 것을 느낄 수 있었다.

그래서 울적할 때엔 이불을 덮어쓰고 기타를 치며 노래했다.

그동안 무엇이든지 자신감이 있었던 주은은 이제 세상에서 사라진 느낌이 들었다.

오늘의 일들은 꿈은 꿈일 뿐 현실에서는 절대 이루어지지 않는다고…… 정신 차리라고 세상이 가르쳐준 것 같았다.

'꿈은 과연 이루어질 수 있을까?'

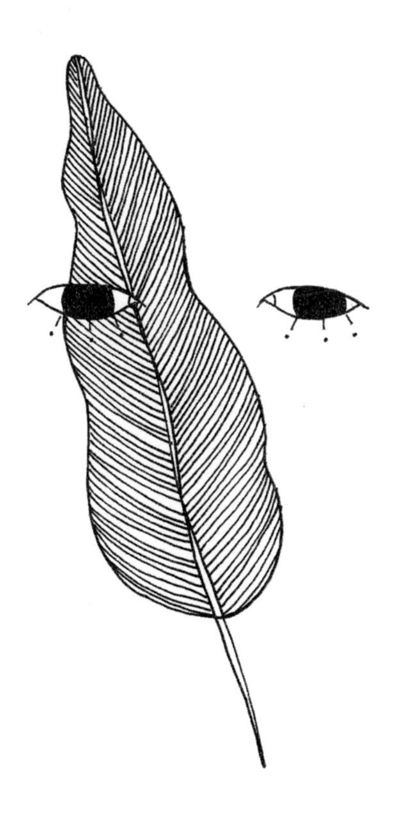

5장. 내일 아침, 눈 뜨지 않게 해 주세요

주원은 시끄러운 소리에 잠에서 깼다. 아침 햇살에 미간이 찌푸려졌다. 밤늦게까지 게임을 해서 그런지 머리가 멍하다. 더구나 학교 갈 생각을 하니, 앞이 캄캄했다.

'학교를 가지 않는 방법은 없을까?' 이불 속에서 뒤척거렸다. 잠자고 있던 아토피도 일어났는지 온몸이 간지럽기 시작했다. 여기저기 긁다 보니, 목부터 사타구니까지 박박 긁어댔다.

'선생님한테 병원 간다고 할까?'

주원은 어떻게든 학교에 가기 싫어서 핸드폰을 열었다. 갑자기 주원의 눈이 커지며 입가에 미소가 번졌다.

핸드폰을 다시 쳐다보았다. 오늘은 토요일이다. 주원은 환호했다. 이불 속에서 하이킥을 날리고 기지개를 폈다. 오늘은 자유라고 생각을 하니, 기분이 좋아졌다.

주원은 침대에 엎드려서 또 게임을 시작했다.

잠시 후 엄마가 나가는 소리가 들린다. 요즘 엄마는 주원에게 전혀 신경 쓰지 않는 것 같아서 서운하다. 이해하려고 했지만 누구와도 이야기 할 수 없는 것은 두려움이 커지는 것이었다.

이어서 아빠가 방문을 열고 들어 왔다. 아빠 목소리는 오랜만이다. 아침밥을 혼자서 먹으라고 하는데 별로 생각이 없었다.

'오늘은 누구와도 상관없이 자유롭게 보내야지.'

주원은 다시 게임에 빠져 들어갔다. 아빠도 곧 나가는 소리가 들렸다. 주원은 혼자 남았다. 집 안에서 혼자 있는 것은 주원에게 행복한 일이 되었다.

엎드려서 오락을 몇 시간을 하고 나니, 비염으로 기

침이 시작되었다. 주원은 휴지로 코를 여러 번 풀고 다시 틀어막았다. 게임에 집중하려고 해도 온몸이 가렵고 재채기가 나서 계속할 수가 없었다. 주원은 할 수 없이 일어났다.

거실로 나왔다. 일단 아토피 크림을 바르고, 알레르기 알약 하나를 물로 삼켰다. 그리고 둘러보았다. 집이 고요했다. 탁자 위에 있는 사진 속의 주원이가 "너, 괜찮냐?"라고 말을 걸어오는 것 같았다.

주원은 어릴 때 자신의 모습을 한참 들여다보았다.

주위를 둘러보자, 식탁에는 엄마가 차려놓은 밥상이 있었다. 주원은 그 밥상을 보고 아무런 식욕을 느끼지 못했다. 엄마의 방문을 열어 보았다. 그 공간은 마음이 놓였다. 엄마의 침대에 잠시 누웠다. 가려움증과 기침이 좀 가라앉은 듯 했다. 주원의 마음도 가라앉는다.

4학년 때 친구들과 함께 집에서 떡볶이랑 탕수육을 먹었던 생각이 난다.

그날도 토요일 아침이었다. 일찍부터 아빠가 주원이

와 축구하러 가자고 깨웠다. 일어나기 싫은 주원은 아빠 손에 이끌려 축구공 하나를 가지고 학교 운동장으로 갔다. 일찍 나온 탓에 운동장에 아빠랑 주원이랑 둘이서 축구를 시작했다. 워낙 운동을 못하던 주원이여서 처음에는 숨만 차고 재미가 없었다. 그러나 아빠랑 한참을 하고 나니까 주원이도 요령을 터득해 조금씩 재미있기 시작했다.

시간이 지나자 친구들이 하나둘씩 모였다. 같은 학년 친구도 있고, 3학년 동생과 5학년 형들도 있었다. 아빠는 친구들이 한 명씩 나타날 때마다 모두 끌어 모았다. 그래서 선수가 10명이 되자, 다섯 명으로 팀을 나누고, 아빠가 감독을 하면서 본격적인 축구 시합을 하자고 했다. 지는 팀은 이기는 팀에게 원하는 아이스크림을 하나씩 사주는 게임이었다. 물론 아빠가 돈을 주기로 했다. 그날따라 주원이는 축구가 잘 되었다. 자신감을 얻은 주원은 더 열심히 뛰었다. 시합이 끝나갈 쯤에 민호가 차 준 볼을 주원이가 극적으로 한 골을 넣었다. 같은 팀 아이들이 얼마나 좋아하는지 주원이를 번쩍 들어 안았다. 결국 주원이 팀이 이긴 것이다. 주원은 단 한 번도 운동에서 그런 쾌감을 얻지 못했었다. 처음으로 운동하면서 기분이 날아갈 것처럼 좋았다. 친구들도 주원을 다르게 보는 것 같았다.

진 팀에서 아이스크림을 하나씩 사가지고 왔다. 그때 아이스크림이 이 세상에서 가장 맛있었던 아이스크림이었다. 그 맛을 잊을 수가 없어서 같은 아이스크림을 여러 번 사 먹었어도 그때의 맛이 절대 나지 않았다. 아이스크림을 다 먹고 아빠는 엄마에게 연락을 하고, 아이들을 모두 데리고 집으로 갔다.

남자 애들로만 열 명이 되자, 거실은 땀 냄새로 가득 찼다. 엄마는 금방 만든 떡볶이랑 탕수육을 큰 접시로 두 접시씩 가득 담아서 아이들 앞에 펼쳐놓았다. 아이들이 그것을 보고 엄청 좋아했다.

배달해서 먹는 것이 아니라 엄마가 직접 만들었다는 것에 더욱 놀라워했다. 아이들은 배가 고픈 나머지 앞을 다투어 먹었다. 맛은 진짜 놀라웠다.

주원이는 분명히 기억한다. 집에서 가족들과 먹었을

때보다도 훨씬 더 맛있었다.

'배가 고파서 그랬을까? 아니면 엄마 음식 솜씨가 달랐나?'

그때 떠들썩하게 먹었던 맛을 절대 잊을 수 없다. 지금도 시끄럽게 먹는 소리가 들리는 것 같았다.

주원은 그때 함께 축구를 했던 아이들과는 가끔 운동장에서 만났다. 특히 4학년 아이들은 친하게 지내며 잘 어울려 놀았다. 그때부터 주원은 좋아하는 친구가 많이 생겨서 학교생활이 즐거워졌다.

주원은 뭐든지 할 수 있을 것만 같았다.

그리운 민호가 떠오른다. 민호는 축구를 너무 좋아해서 항상 학교 운동장에 있었다. 또 축구선수처럼 탁월하게 잘하기도 했다. 주원은 유쾌한 성격을 지닌 민호와 친한 친구가 되고 싶었다. 그러나 민호는 축구를 잘하는 탓에 아이들한테 늘 인기가 좋았고, 따르는 친구들도 많았다. 주원이가 끼어들 틈이 없었다.

5학년이 되자, 다행히 민호와 한 반이 되었다. 더구나 일 학기 동안 짝으로 지낼 수 있었다.

어느 날, 민호가 오른팔에 깁스를 하고 학교에 나타났다.

“민호야, 너 팔이 왜 그래?”

주원은 놀라며 오른팔을 다친 민호를 쳐다보며 말했다.

“응, 어제 축구 하다가 넘어졌는데 팔에 금이 갔대.”

“많이 아파?”

걱정스런 얼굴로 물었다.

“아냐, 괜찮아. 하필이면 오른팔을 다쳐서 조금 불편하지 뭐.”

“얼마나 깁스하고 있어야 되는데?”

“한 달 정도는 고생해야 된대.”

“아, 그럼 내가 좀 도와줄게.”

하고 주원은 민호 가방을 제대로 걸어주었다.

수업 시간이 되자, 민호는 책 꺼내기부터 사소한 모든 것들을 불편해 했다. 주원의 마음은 온통 민호에게 가 있었다. 민호가 무엇이 불편한지 자기 일처럼 고스란히 느낄 수 있었다. 수업 도중에 선생님께서 말씀하시는 중요한 곳에 체크하는 것, 또 노트에 필기하는 것을 민호의 것을 먼저 해주었다. 주원은 민호를 도와주는 것이 좋았다. 점심시간이 되었다. 먼저 민호의 식판을 가져다주고, 자신의 식판을 가지고 왔다. 함께 밥을 먹었다. 민호가 젓가락을 쓸 수 없어서 숟가락으로 밥과 국이랑만 먹고 있었다. 주원이가 그것을 보고 민호의 밥숟갈 위에 계란말이를 얹어 주었다. 민호는 주원과 눈이 마주쳤다. 주원은 멋쩍은 웃음을 지었다. 민호도 함께 웃었다.

점심을 다 먹고 주원이가 식판을 모두 치우고 둘은 함께 운동장으로 나갔다. 운동장에는 이미 나온 아이들이 뛰어 놀고 있었다.

"주원아, 넌 뭐가 되고 싶어?"

하고 민호가 묻자, 주원은 대답하지 못했다. 그것에 대해 한 번도 생각해 본 적이 없었다.

"글쎄, 넌?"

"난 축구선수가 될 거야."

민호는 망설임 없이 주먹을 불끈 쥐고 말했다.

"넌 아마 유명한 선수가 될 거야."

"진짜?"

"민호 너니까 분명히 성공할거야."

주원은 정말 그런 생각이 들었다.

둘은 이야기하며 운동장을 천천히 걸었다. 오후 수업을 마치고 집으로 돌아갈 때에도 주원은 잊지 않고 민호를 도와주었다. 민호의 가방을 들고 집까지 바래다주었다.

민호가 가방을 받으며 말했다.

"주원아, 고마워. 도와줘서."

"뭘, 나도 고마워. 내 친구해줘서."

주원은 민호와 친구가 될 수 있어서 진심으로 좋았다.

그렇게 주원은 한 달을 민호의 오른팔이 되어주었다. 진심으로 민호를 도와주었다. 민호는 평소에 친구가 많이 있었지만 정작 자신을 도와주는 친구는 주원이 단 한 명뿐이었다. 그 이후로 주원은 민호와 절친한 친구가 되었다. 민호도 주원을 '베프'라고 생각했다.

한 달이 지나고 민호는 깁스를 풀 수 있었다. 자유로

움을 얻은 민호는 다시 축구에 몰두했다. 운동장에서 축구를 하고 있는 민호를 바라보며 함께 뛰기도 하고 응원하기도 하면서 주원은 민호와 함께했다. 그렇게 5학년 때는 근사한 친구 민호가 있어서 주원은 학교생활이 더 즐거웠다. 다른 아이들도 주원을 부러워할 만큼 민호와 친하게 지냈다.

그런데 5학년이 끝나갈 무렵에 민호는 축구부가 있는 학교로 전학을 가게 되었다. 처음으로 진정한 친구를 사귀었던 주원은 헤어지는 게 견디기 힘들었다. 민호가 떠나고서 어떤 것으로도 허전함을 채울 수가 없었다. 가끔씩 전화를 하기도 했으나 민호는 늘 바빴고 전화 통화하기도 점점 힘들어졌다. 주원은 그렇게 친한 친구를 마음에 담아둘 수밖에 없었다. 오늘은 더욱 민호가 생각나는 날이다.

주원은 검지로 허공에다가 '민호'라고 썼다.

'진짜 보고 싶다. 민호야.'

'그런데 어쩌다가 나는 이렇게 찌질이가 되었을까?'

이제 엄마, 아빠한테 어떻게 얘기를 꺼내야 할지 답답할 지경이다.

주원은 올해 6학년의 반 배정을 받고 깜짝 놀랐다. 심장이 벌렁거려 말이 나오지 않았다. 초등학교 3학년 때 왕따를 주동했던 친구 대철이가 같은 반으로 6학년이 되어서 만난 것이었다. 3학년 때는 엄마가 나서서 일찍 담임 선생님에게 발각되었었다.

대철이는 크게 혼나고, 주원에게 사과하고 반성문까지 써서 조용히 넘어갔었다. 그러나 그 후 대철이는 다른 아이들을 더욱 괴롭혔고, 나쁜 행동을 계속한다는 소문을 주원이도 듣고 알고 있었다. 이제 돈까지 뜯어낸다는 이야기가 들렸다.

그런 대철이와 주원이가 마주친 것이다. 학기 초기에는 이를 두고 엄마와 상의를 했다.

"걱정하지 않아도 될 거야."

라고 엄마가 말했다.

“이제 주원이도 많이 컸잖아. 육학년이 됐으니까 괜찮을 거야.”

라고 다독거렸다. 대철이가 그때 왕따 시킨 일로 반성을 많이 했고, 또 학교에서도 문제가 됐기 때문에 다시는 주원에게 괴롭히지 못할 거라고 주원에게 안심을 시켜주었다.

엄마가 바빠서 어쩔 수 없이 말을 그리 했을지도 모른다는 생각이 들었다. 주원은 6학년 생활이 쉽지 않을 거라고 예상했다. 대철이는 그만큼 만만한 상대가 아니라는 걸 알았기 때문이다. 매일 불안에 떨었다. 그 예상은 적중했다.

대철이는 처음에 표시 나지 않게 주원을 괴롭히기 시작했다. 수업 마치고 자주 교과서를 빌려 달라고 했다. 빌려주면 어김없이 우유나 음료수로 책을 적셨다. 그리고는 실수라고 말하고 키득거리며 웃었다. 그럴 때마다 주원은 약이 올라서 얼굴만 빨개졌다. 항상 참으려니 점점 바보가 되어 가는 것 같았다. 또 주원이가 가까이 하는 친구들에게도 다가가서 못살게 굴고, 같이 놀지 말라고 협박을 해서 하나둘 씩 피하기 시작했다. 친구들은 주원이와 같이 얘기하다가도 대철이만 나타나면 이리저리 눈치 보면서 일어나 가버렸다. 주원이는 참을 수 없이 화가 났지만 어디다가 하소연할 데가 없었다. 대철이와 싸워봤자 힘이 없어서 질게 뻔하고 엄마에게는 더 이상 힘들게 하고 싶지 않았다.

주원은 학기 초부터 서서히 혼자가 되어갔다. 학교에서 혼자가 된다는 것은 괴로운 일이었다. 수업 시간은 어떻게든 지나가지만 쉬는 시간 10분은 수업 시간보다 더 긴 시간이었다. 점심시간에는 빨리 밥을 먹고, 화장실에 가서 멍하니 혼자서 있는 시간이 많아졌다. 운동장 조회가 있을 때나 체육시간 있을 때마다 주원은 자꾸 아프다고 빠지게 되었다. 어디를 가나 주원이랑 같이 말을 걸거나 사귀면 자신이 왕따 될까봐 아이들이 슬슬 피하는 눈치였다.

소심하고 내성적인 주원은 학교생활을 견디기가 어려

워졌다. 대철의 괴롭힘은 매일 이어졌다. 노트에 낙서가 되어 있는가 하면 찢어지기 일쑤였다. 언젠가는 '쓰레기 꺼져'라는 낙서가 붉은색 사인펜으로 쓴 메모가 붙어 있었다. 또 아이들 보는 곳에서 대철은 주원을 '마마보이'라고도 불렀다. 그것이 주원의 별명이라고 공공연하게 떠들고 다녔다.

'대철이가 나한테 3학년 때 일을 복수하는 건가?'

도무지 주원은 대철이를 이해 할 수가 없었다.

꾸준히 괴롭히면서도 주원이를 단속했다.

대철은 주원을 자주 불러 다시 한 번 더 엄마에게 이르기만 하면 정말 무슨 수를 써서라도 가만히 놔두지 않을 거라고 협박했다. 말을 잘 들으면 아무 일 없을 것이라고도 했다. 이렇게 대철은 어르고 달래면서 주원을 괴롭히는 일에 열중했다.

주원은 학교생활에서 하루 종일 말 한마디도 못할 때가 많아졌다. 점점 스트레스가 쌓여서 아프기 시작했다. 몸이 약해져 갔다. 원래 있었던 아토피와 비염도 심해져 갔다. 작년까지만 해도 엄마가 집에 있었을 때는 주원의 학교생활의 대부분의 이야기를 엄마에게 털어 놓았다. 소심하고 내성적인 성격이었기 때문에 더구나 엄마는 관심을 가지고 주원과 대화하려고 노력 했다. 그러나 엄마가 바빠지면서 집에 와도 말할 수 있는 사람이 없어진 것이다.

주원은 학기 초에 다짐했다.

'이제 6학년이니까 뭐든 혼자 힘으로 해야지.'

또 엄마와의 약속을 지켜나가고 싶었다.

적어도 그 일이 있기 전까지는.

6학년 수학여행 일정이 10월 마지막 주로 연기되었다. 주원은 연기된 일정에 안심되었다. 어떻게 해서든 수학여행만큼은 가고 싶지 않았다.

'어떻게 하면 가지 않을까?' 하고 시간이 다가올수록 방법을 궁리했다.

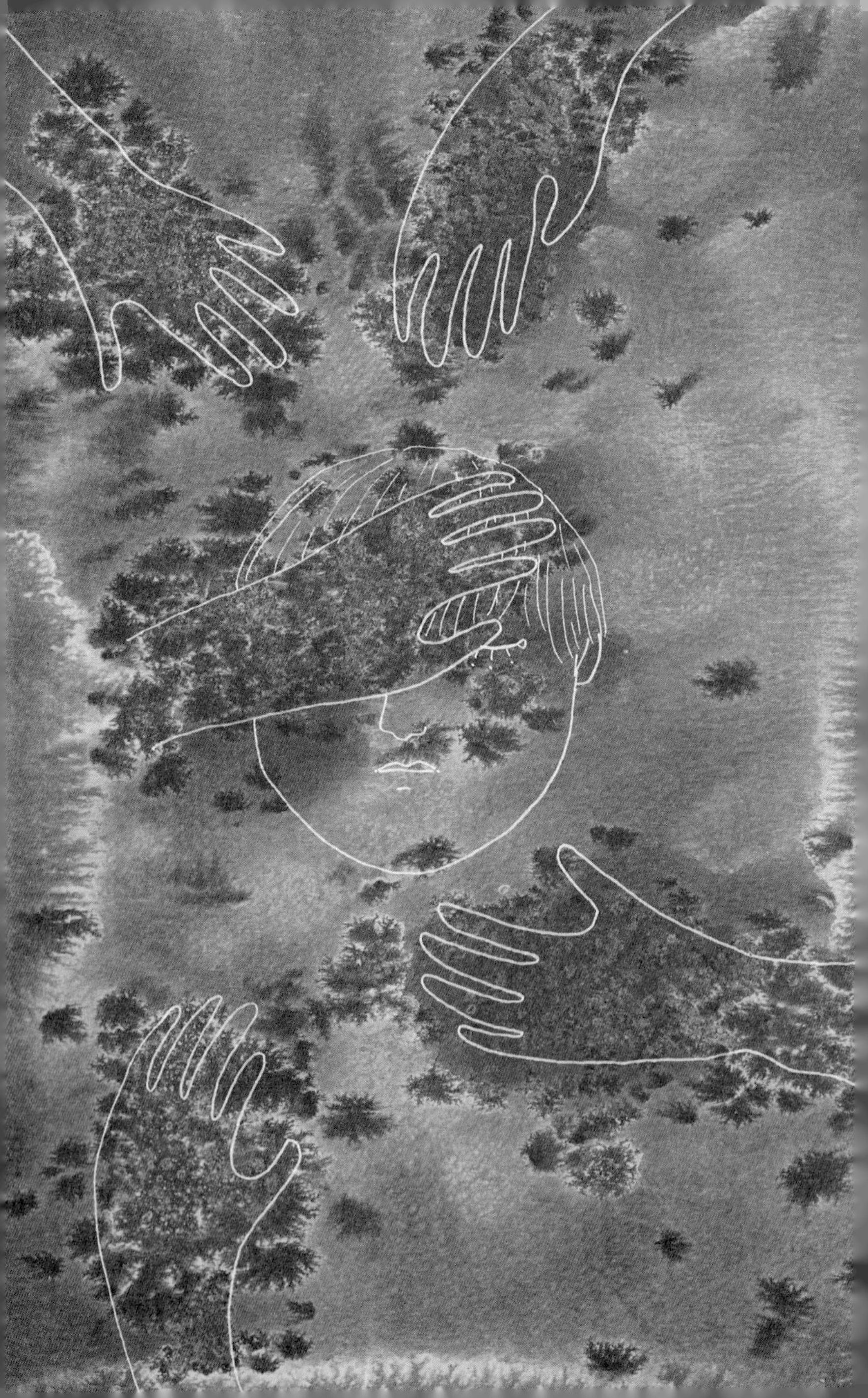

그러나 어김없이 대철이가 꼭 가야 한다고 몇 번이나 주원이에게 다짐을 받는 것이다. 주원은 더욱 걱정스러워졌다.

드디어 수학여행 날이 다가왔다. 주원이에게는 참석 못하는 그런 행운은 일어나지 않았다.

수학여행 오를 때 단체 버스에 혼자 앉았다.

주원은 시간이 고장 난 것처럼 천천히 간다는 생각이 들었다. 버스에 타는 것부터 아이들이 피하고 자기들끼리 웃고 떠드는데, 눈을 감고 자는척해도 온 신경이 살아나서 바늘로 찌르는 것 같았다. 앞으로 2박 3일 동안 이런 고통 속에 지내야 된다고 생각하니, 주원은 숨이 막힐 정도로 답답해왔다.

혼자서 밥을 먹고, 돌아다닐 때도 무리 속에 여전히 주원은 혼자다. 자유 시간에 놀 때는 아무데나 어정거려도 눈에 들어오는 게 없었다. 모든 사람들이 혼자인 주원이만 쳐다보는 것 같았다.

다른 반 친구들이 나타나면 혼자 있는 걸 들키는 게 겁나서 먼저 피하기 일쑤다. 근처 화장실이 발견되면 어김없이 들어가서 시간을 보냈다.

이렇게 왕따가 된 주원에게 수학여행은 매순간이 고통이었다.

방배정은 같은 반인 남자 아이들끼리 한 방이 되었다. 저녁 9시가 되자, 모든 하루 일정이 끝나서 방에 모두 모였다. 담임 선생님께서 조금만 놀다가 일찍 자라고 했다.

'이제 조금만 참으면 하루가 가는 것이다.'

라고 주원은 마음을 달랬다.

어떤 아이가 갑자기 베개를 집어 들고, 장난을 치기 시작했다. 다른 아이들도 웃고 떠들면서 베개를 모두 집어 던지면서 놀았다. 잠시 주원이도 그 놀이를 보면서 웃었다. 그러자 갑자기 대철이가 어디선가 담요를 끄집어내어 와서 주원이 머리위로 덮었다. 그리고는 투수가 투구하듯 폼을 잡더니, 아주 세게 주원이를 향해서 베개를 던졌다. 주원은 비명을 질렀다. 아이들의 웃고 떠드는 소리에 비명 소리는 묻혔다. 주원은 두려워 몸을 마구 꿈틀댔다. 주원이 몸이 꿈틀대자 아이들은 애벌레 같다며 더욱 더 깔깔거리고 웃어댔다. 다른 아이들도 주원을 향해 베개를 던지기 시작했다. 아이들은 주원이가 얼마나 아픈지 전혀 느끼지 못했다. 그냥 웃고 떠들 뿐이었다.

"제발! 그만해!"

크게 소리 질렀다. 그래도 아랑곳 하지 않고 그렇게 오랫동안 지속했다. 주원이가 탈진해서 소리를 지르지도 않고 몸을 움직이지도 않자, 아이들도 장난을 멈췄다.

잠시 후, 주원은 일어나 얼굴을 손으로 감싸고 휘청거리며 화장실로 들어갔다. 거울 속 얼굴을 보니, 온몸이 땀과 눈물로 흠뻑 젖어 있었다. 주원은 눈물을 닦고 정신을 가다듬었다. 이제 조금만 참으면 된다고 스스로 위로했다. 옷을 벗고 샤워를 하기 시작했다. 샤워 소리 때문에 못 들었는지 주원은 뒤를 돌아보고 깜짝 놀라서 넘어질 뻔 했다. 어떻게 들어왔는지 대철이가 주원의 알몸을 보고 웃고 있는 것이었다. 주원은 너무 놀라서 뒤로 물러섰다. 대철은 낄낄거리며 주원의 성기를 보고 웃었다. 그리고 말했다.

"아이구! 귀여운 녀석 이렇게 귀여운 고추는 첨 보네!"

하면서 갑자기 주원에 성기를 잡아 당겼다. 주원이가 피하려고 해도 워낙 대철의 힘이 강해서 어쩔 수 없었다. 대철은 멈추지 않았다. 주원의 손을 끌고 자기 바지 주머니에 쑥 집어넣고 자기의 성기를 만져보라고 했다.

"이 정도는 돼야 남자라고 할 수 있지."

라고도 하며 주원의 손을 비벼댔다. 그렇게 하고서는 옆 변기에서 오줌을 싸고 나가버렸다. 주원은 너무 놀라기도 했지만 창피했다. 대충 씻고 옷을 입고 나와서, 조용히 한구석에 앉았다.

다시 대철이가 다가와서 말했다.

"야! 새끼야, 아까 하던 거 계속 해야지."

하며 주원의 손을 거세게 잡고 끌고 다니기 시작했다. 아무도 말리는 친구들이 없었다. 대철이는 조용한 아이들 바지 주머니에다가 주원의 손을 집어넣게 했다.

"야! 주원이가 궁금하다니까 잠깐만 기다려봐!"

다른 아이들도 놀라기는 했지만, 대철이 행동에 같이

킬킬거리며 웃었다. 두 명을 더 그렇게 손을 끌고 다니며 만지게 했다.

주원은 충격으로 잠이 오지 않았다. 언제 어떻게 무슨 짓을 할지 몰라서 계속 뜬 눈으로 이불 속에서 눈을 깜박이고 있었다. 대철이의 코 고는 소리가 들린다. 그래도 안심이 되지 않는다. 주원은 밤새도록 뜬눈으로 첫날을 보냈다.

이튿날이 되었다. 머리가 심하게 아파왔다. 제주도 풍경이 전혀 눈에 들어오지 않았다. 여전히 고장 난 듯 시간은 더 천천히 흘렀다. 밥을 먹었는지 기억도 나지 않는다.

오후가 되자, 다른 반 친구들이 주원에게로 와서 이상한 눈빛을 보며 수군거렸다. 어떤 아이는 노골적으로 주원이 앞에서 이상한 눈빛으로 쳐다보았다.

"니가 변태 새끼라며?"

라며 한 아이가 주원에게 말했다. 주원은 그 소리에 반박하지 못하고 고개를 푹 숙였다. 그새 대철이가 돌아다니면서 주원이가 변태라고 놀려 댄 모양이다.

주원은 더 이상 어떻게 할 수가 없었다. 그냥 '미친 변태새끼'로 취급 받으며 견뎌야 했다.

집으로 돌아갈 때까지 무조건 참아야 했다.

선생님께 얘기할 엄두도 용기도 나지 않았다. 아무것도 하기 싫었다. 그냥 집에 가고 싶었다. 주원은 이제 시도 때도 없이 눈물이 났다.

수학여행을 다녀와서 주원의 학교생활은 훨씬 더 심각해졌다. 몸도 급격하게 나빠졌다. 학교 나가기가 힘들 정도였다.

그러나 아무에게도 말할 상대가 없었다.

주원은 그저 내일 아침이 오지 않기를 바라며 시간을 버렸다. 학교 가지 않는 날도 늘어갔다. 혼자서 생활해 가는 시간이 많아져 갔다. 늘 불안하고 늘 두려웠다. 학교 가는 날 아침이면 머리가 깨어질 듯 아프기만 했다.

이제 엄마한테 말을 해야 되겠다고 생각이 들어서 계

속 엄마 눈치만 보았다. 그러나 엄마도 요즘 힘이 드는 모습이어서 도무지 말할 틈이 생기지 않았다.

오늘 아침에는 엄마의 신경질적인 고함 소리를 듣고 주원은 많이 놀랐다. 그런 목소리는 처음이었다. 어떻게 애기해야 하나 하루 종일 고민을 했는데, 도무지 용기가 나지 않았다.

주원은 가슴이 뛰고 불안해지기 시작했다.

"내일 제발 눈 뜨지 않게 해 주세요."

6장. 가족 식사

일요일 아침, 창 밖에서 빗소리가 들린다.

먹구름이 가득 차서, 어둑해져 있다. 은혜는 침대에 누워서 겨울을 재촉하는 비를 한참 바라보았다. 일어나서 주방으로 갔다.

오늘만큼이라도 어제까지의 모든 일들을 잊고 싶었다. 자신이 가장 소중하게 생각했던 이 공간에서 모처럼 가족과 맛있는 식사를 하며 행복해지고 싶었다. 자신이 가장 잘할 수 있는 것이 집안 살림이고, 그중에 음식 만들기는 은혜가 가장 좋아하는 일이었다.

정금이가 좋아하는 잡채와 황탯국을 만들기로 했다. 그리고 주은과 주원이가 좋아하는 고등어조림과 계란

말이를 할 생각이다.

먼저 쌀을 씻어 놓고, 각종 음식 재료들을 냉장고를 뒤져서 끄집어내었다.

잡채를 만들기 위해서 당면 한 움큼을 따뜻한 물에 담가두었다. 그리고 냉동실에서 누런 황태 한 마리를 꺼내서 두들겨 찢어서 물에 살짝 헹궈 놓았다. 촉촉하게 찢어 놓은 황태 한 마리에 참기름 한 숟갈을 넣고 달달 볶았다. 그러자 온 집안에 고소한 냄새로 진동했다. 고소한 냄새 때문에 소파에 자고 있던 정금이가 눈을 떴다. 은혜의 뒷모습을 물끄러미 바라보았다. 나무 도마를 두드리는 소리와 고소한 냄새 사이로 밥하는 은혜의 뒷모습이 평화로워 보였다. 모처럼 정금의 마음이 따스해졌다.

정금은 어렴풋이 어제 소리 질렀던 기억이 나서, 미안하기도 하고 고맙기도 해서 울컥했다. 멋쩍어 일어나지 못하고 계속 누워있었다.

은혜는 달달 볶은 황태에 대파와 시원한 무를 나박

썰어서 넣고, 찬물을 넉넉하게 부어 냄비 뚜껑을 덮었다. 이어서 씻어놓은 쌀을 압력밥솥에 취사를 눌러놓고, 다음 음식을 하기 시작했다.

고등어조림을 할 무를 도마 한쪽에 큼지막하게 썰어 놓았다. 양념장으로는 매운 고춧가루가 들어간 양념장에 청양고추 3개를 더 썰어 넣고 매콤하게 양념장을 만들었다. 큼지막하게 썬 무를 냄비에 깔고, 고등어 두 마리를 네 토막으로 썰어 넣고 매콤한 양념장을 위에다가 둘렀다. 그리고 뚜껑을 덮고 약한 불에 올려놓았다.

잡채에는 재료가 부족해서 고기 대신에 어묵을 채 썰고, 시금치 대신에 양배추와 애호박을 채 썰어 넣었다. 또 당근과 양파를 추가하고 당면과 함께 양념해서 프라이팬에 야들야들하게 볶았다. 마지막에 참기름과 통깨로 술술 뿌려놓았더니, 김이 모락모락 나는 제법 그럴싸한 잡채가 완성 되었다.

잡채 냄새가 나자, 정금은 침이 꼴깍 삼켜졌다. 은혜는 음식 솜씨도 좋을 뿐만 아니라 빠른 시간 내에 많은 음식을 할 수 있는걸 알기에, 정금은 곧 밥을 먹을 수 있겠다고 생각했다.

그녀는 마지막으로 계란말이를 하기 위해서 파와 당근을 조금 다지고, 계란 네 개에 소금을 조금 뿌려 휘휘 젓어서 빠르게 준비했다. 그리고 프라이팬에 올려서 약한 불에 김밥 말듯이 둘둘 말아서 먹음직스런 계란말이를 완성했다.

드디어 가족들을 위해 마련한 아침식사가 모두 완성되었다. 차려진 식탁을 보니, 윤기가 좔좔 흐르는 햅쌀밥에 시원한 황탯국이 은혜 마음을 가득 채웠다. 그리고 매콤한 고등어조림이 입 안에 군침을 돌게 했다. 야들야들하고 고소한 잡채는 큰 접시에 담겨져서 식탁을 풍성하게 해주었다. 또 먹음직스러운 계란말이가 노랗게 포인트를 주었고, 식욕을 돋우는 데 한몫 했다. 여기에 김과 멸치볶음 그리고 김치를 한 포기 새로 썰어서 완성했다.

은혜는 음식이 식을까봐 서둘러 가족을 깨우러 갔다. 먼저 정금에게 조용히 다가가서 깨웠다.

"여보, 아침 식사 해."

라고 말하는 은혜를 보자, 얼굴 콧등에 붙은 밴드를 보고 정금의 눈동자는 커졌다.

"여보, 미안해."

어쩔 줄 몰라 하며 말했다.

"괜찮아, 어서 밥 먹어."

라고 또 다시 부드럽게 말했다. 이어 은혜는 주은의 방문으로 다가갔다. 다행히 문이 열려 있었다.

"주은아, 우리 아침 먹자."라고 아무 일 없었던 것처럼 엄마가 말하자, 주은은 자신도 모르게

"응, 엄마 지금 나갈게."라고 말했다.

다음 주원이 방에 가서 잠을 자고 있는 주원의 머리를 쓰다듬으며 볼에 뽀뽀를 했다.

"우리 주원이, 아침 먹어야지 응?" 주원은 오랜만에 엄마의 손길에 눈물 날 만큼 따스했다.

"응, 엄마."

정말 오랜만에 가족 네 명이 모두 식사를 하려 모였다. 이런 평범한 일상이 도대체 언제였는지……. 가족 각자의 마음이 똑같았다.

정금과 아이들은 식탁에 차려진 메뉴를 보자, 사라졌던 식욕이 마구 솟았다. 정금이 먼저 황탯국을 한 숟가락 떠먹고 "음, 좋다."라고 하며 식사를 시작했다. 속이 풀리면서 기분이 좋아졌다. 그리고 김이 나는 잡채를 얼른 젓가락으로 떠서 입안에 가득 넣었다.

주은은 매콤한 고등어조림에 먼저 눈이 갔다. 그리고 이내 젓가락으로 고등어 두툼한 살과 간이 벤 무를 입안에 넣었다. 엄마에게 눈빛으로 '정말 맛있다'는 표현을 해주었다.

주원은 계란말이에 눈을 떼지 못하고, 젤 큰 것으로 입에 넣고 만족한 표정을 지었다.

은혜가 보기에 지금 이 순간만큼은 모두 눈이 반짝이고, 행복해 보였다.

가족끼리 맛있는 음식을 먹고 있는 이 시간은 각자의 마음속에 있었던 지옥을 지울 수 있었다. 각자 차마 내색할 수 없었던 아픔을…….

은혜는 참 다행이라고 생각했다. 가족들이 좋아하는

음식을 하려고 마음먹었던 것은 정말 잘한 일이 되었다. 그래도 필요한 존재인 것 같아서 기분이 좋아졌다.

식사를 마치고, 정금은 회사에 나간다고 차려 입고 나왔다. 은혜를 보고 정금은 다시 한 번 말했다.

"여보, 진짜 미안해."

정금은 은혜에게 다시 사과했다.

은혜도 조용히 한마디 했다.

"괜찮아, 일찍 와."

"이제 술 안 먹을게. 한번만 봐줘. 응?"

"알았어, 잘 다녀와."

"그래. 갔다 올게."

정금은 은혜를 한번 안아 주었다.

주은이, 주원이도 인사했다.

"아빠, 안녕히 다녀오세요."

정금은 자가용 타기 전에 몇 번이나 담배를 만지작

거렸다. 그러자 은혜의 얼굴에 붙은 밴드가 생각났다.

정금은 담배를 통 채로 구겨서 쓰레기통에 던져버렸다. 그리고 차를 타고 가면서 수 없이 다짐했다.

'은혜와 아이들을 위해 오늘부터 술, 담배를 반드시 끊어야겠어.'라고 맹세했다.

정금은 사무실에 도착해서, 창문을 열고 청소부터 하기 시작했다. 정말 새 출발하고 싶어서였다.

서류정리를 마치고, 거래처 명단을 정리했다. 내일부터 다시 영업을 뛰어다닐 스케줄을 세웠다. 그리고 혼자서 말했다.

"맞아 내가 가장 잘했던 영업부터 새롭게 하면 되는 거야. 첨부터 뭐가 있어서 했던 게 아니라 바닥부터 시작했으니까 그까짓 거 또 하면 되지. 뭐."

은혜와 아이들을 위해서라도 힘을 내었다.

오늘 가족들과 함께 한 아침 식사가 그렇게 정금에게 힘과 용기를 주었다. 내일 당장 영업 나갈 준비를 철저히 했다. 일주일 스케줄을 꼼꼼하게 세워놓고 정리를 마쳤다.

오후 5시쯤이 되자, 정금은 갑자기 머리가 아프기 시작했다. 어제 너무 과로해서 그런가 싶어서 잠시 소파에 기댔다. 점점 두통이 가라앉지 않고, 심하게 머리를 부딪친 것 같은 통증이 왔다.

잠시 후 속에서 울렁거리기도 하다가 구역질도 났다. 팔, 다리에 힘이 빠지면서 일어서니까 중심잡기도 힘들었다. 눈도 침침하고, 머리는 망치로 때리는 것처럼 깨질 듯한 강력한 두통으로 정신을 차리기가 어려웠다.

정금은 이상한 생각이 들어서, 이를 악물고 일어나 병원으로 차를 몰았다. 가까스로 병원이 보이자, 정금은 눈이 뿌옇게 보이면서 의식을 잃어가고 있음을 느꼈다. 겨우 힘을 내어 정금은 일부로 앞차를 부딪쳤다. 앞차에서 젊은 남자가 내려 인상을 쓰며, 정금에게 다가오는 것을 느낄 수 있었다. 희미해져 가는 의식을 겨우 붙잡고 숨을 헐떡이며 그에게 말했다.

"저를…… 병원 안으로…… 좀 부탁합니다……. 제발."

정금은 의식을 잃었다.

7장. 죽음의 공포

오후 6시가 조금 넘어서 은혜의 핸드폰이 울렸다.

"박정금 씨 가족 되십니까?"

"네, 어디세요?"

"여기는 세림병원 응급실입니다. 박정금 씨가 의식을 잃은 상태로 지금 왔습니다. 빨리 오셔야겠습니다."

핸드폰 너머 소리에 놀란 은혜는 바닥에 주저앉았다. 정신을 가다듬고 아이들과 병원으로 곧장 달려갔다. 정금은 의식을 완전히 잃은 상태였다.

작은 응급실 안에서 의사 두 명과 간호사들이 다급하고 분주하게 움직였다. 그 모습이 얼마나 심각한지를 말해 주었다. 의사 선생님은 CT를 찍었더니, 뇌출혈이라고 했다. 빨리 수술해야 된다고 하면서 대학병원으로 옮기도록 조치했다고도 말했다. 은혜의 귀가 먹먹해지기 시작했다.

그런데 지금 더 시급한 건 천식으로 숨쉬기가 곤란해서 기도 삽관으로 응급처치를 하고 가야 한다는 것이다. 세림병원은 정금과 주원이가 천식이 올 때마다 자주 다녔던 병원이었다. 정금은 이를 악물고 의식을 잃었기 때문에, 입이 벌어지지 않아서 기도 삽관을 하기 어렵다고 말했다.

의사는 시간을 더 지체하면 목숨에 지장이 있다고도 했다. 두 의사가 정금의 입을 벌리려고 갖은 애를 써도 두 사람의 힘으로도 꿈쩍도 하지 않았다. 시간이 점차 지나자 응급실에서는 더욱 큰소리가 나고 떠들썩해졌다.

은혜와 아이들은 이런 상황에 어쩔 줄 몰라 하며, 정금을 붙들고 흔들어 입을 벌리라고 소리를 쳤다. 점점 숨 쉬는 것이 어려워지고, 의사는 마음의 준비를 하라고까지 했다. 그러자 곧 심정지가 왔다. 의사가 심폐소생술을 시작했다. 다시 가느다란 숨이 돌아왔다. 주은

과 주원은 큰 소리로 미친 듯이,

"아빠, 죽지 마."라고 외치며 울기 시작했다.

주원은 "아빠! 제가 잘못했어요."라고 하며 아빠 다리에 매달렸다. 다급해진 은혜는 정금의 오른쪽 손가락을 있는 힘껏 깨물었다. 피멍이 들 정도로 인정사정없이 여러 차례 깨물었다. 그랬더니 정금의 입이 느슨하게 풀렸다. 드디어 입이 벌어진 것이다.

이때를 놓치지 않고, 의사들은 기도삽관을 시도했고 성공적으로 이뤄졌다. 곧 숨이 고르게 돌아왔다.

은혜는 스스로도 놀랐다. 깨물면 본능적으로 몸이 반응할 거란 생각이 순간적으로 들었던 것이다.

곧바로 가까운 대학병원으로 옮겨졌고, 몇 가지 검사를 마치고 수술로 들어갔다. 수술은 오랜 시간 지속되었다.

은혜 동생 지혜가 헐레벌떡 뛰어 들어왔다. 그리고 지혜는 은혜 손을 잡고서 간절한 기도를 했다. 모두 함께 초조하게 기다리다가 지쳐갔다.

이렇게 새벽까지 8시간을 기다렸다. 드디어 수술을 마치고 의사가 나왔다.

의사는 '수술은 잘되었다. 그러나 회복되는 경과를 두고 보아야 한다.'라고 하고 어려운 수술이었음을 충분히 설명해 주었다.

수술중

정금은 눈을 떴다. 눈을 깜박여도 보이지 않았다. 주변이 칠흑같이 캄캄했다. 다시 보려고 눈을 여러 차례 깜박여도 여전했다. 몸은 납덩이가 된 것처럼 바닥에 붙어 있었다. 몸 전체가 전혀 꿈쩍도 하지 않았다.

'도대체 여기가 어디란 말인가?' 두렵고 무서워졌다. 그리고 몹시 추웠다. 옷은 입지 않은 채 발가벗겨진 것 같았고, 커다란 얼음덩어리 위에 누워 있는 듯 온몸이 얼어붙었다.

머리는 어디인가 강하게 부딪쳐 전기 통하는 소리가 계속 들렸다. 몸 전체가 바위에 깔린 듯한 가슴 짓눌림으로 그야말로 꼼짝 달싹할 수 없었다.

정금은 이해할 수 없는 현실에 빠졌다. 공포 그 자체다. 그저 의식만 살아 있을 뿐이었다. 점점 가슴이 터져 버릴 듯 치밀어 올랐다.

한참을 이런 공포에서 떨고 있을 때, 아득히 멀리서 소리가 들리기 시작했다. 사람소리에 반가워 귀를 기울였다.

"정금 씨, 주사 들어갑니다."

그러자, 진짜 오른팔에 뭔가 들어오는 듯한 느낌이 있었다.

'아, 그럼 여기가 병원이란 말인가? 그런데 난 왜 이런 모습이 되었을까?'

정금은 살려 달라고 소리치고 싶었지만 목이 타고 가슴만 더 터질 것 같았다. 그래도 정금은 조금의 안도감은 찾을 수 있었다. 분명한 사실 하나는 병원이라는 것이다. 그래도 공포는 여전하다. 손가락 하나 까딱할 수 없이, 자신의 몸에 자신이 갇힌 것이었다.

정금은 기억을 되살려 보려고 노력했다. 생각이 어렴풋이 났다. 사무실에서 갑자기 머리가 아파왔고, 망치로 두드리는 듯한 강한 두통이 시작되어 의식을 점점 잃어갔었다. 의식을 잃지 않으려고 이를 악물었던 기억도 났다. 그리고 희미하게 자동차를 일부러 부딪쳤던 기억도 났다. 어떤 사람 보고 살려 달라고 했던 것 같았다.

'아! 그때 의식을 잃었는가 보구나. 무슨 수술한 것 같은데 도대체 무슨 수술했기에 이렇게 되었을까?' 생각을 계속 해보려고 해도 두통과 온몸의 고통이 엄청나게 밀려왔다. 머리는 커다란 바늘로 계속 찌르는 것 같았고, 콧속에서는 이상한 쇠 냄새가 났다. 속은 구역질로 메스꺼웠다. 가장 참을 수 없는 고통은 추워서 몸이 얼음덩어리가 되어 가는 것이었다.

'병원이라면 왜 이렇게 내버려 둘까?' 이럴 리가 없을 텐데…….'

억지로라도 생각을 붙들려고 애썼다.

아무리 발버둥을 쳐도 몸은 꿈쩍도 하지 않았다. 시베리아 벌판처럼 춥고, 무시무시한 칠흑 같은 어둠뿐이었다. 주변에 무엇이 있는지 가늠할 수도 없는 캄캄한 세상에서, 차가운 바닥에 몸뚱어리가 버려져 있다.

'도대체 시간이 얼마나 흐른 걸까?'

아마 1시간이 100시간처럼 느리게 가는 듯…… 천천히 공포 속 세상으로 빨려 들어간다.

'나는 언제까지 이러고 있어야 할까?'

정금은 정말 미칠 것 같았다.

시간이 갈수록 이상한 생각들로 머리가 꽉 찼다. 점점 가슴은 터질 것만 같았다. 소리치고 싶었지만 소리가 나오지 않아 더욱 더 공포가 밀려왔다.

'얼마나 많은 시간이 흘렀을까?'

공포에서 잠시라도 벗어나려고 가족들 생각을 했다. 그러자 아득히 멀리서 소리가 들렸다.

'이게 어찌 된 일인가?'

분명히 은혜의 목소리였다. 정금의 가슴이 뛰었다. 은혜의 목소리가 가늘지만 빛처럼 들어온다.

"여보, 빨리 집에 가야지. 어서 일어나. 응?"

하고 따뜻한 손길로 정금을 만져준다. 그러자 정금은 은혜의 손길이 느껴지는 곳마다 따스함을 느꼈다. 그토록 추웠던 몸이 녹는듯했다.

은혜는 정금의 얼굴을 쓰다듬고, 몸을 계속 만지고 주물러 주었다. 정금은 정말 살 것 같았다.

'은혜야, 은혜야, 나 여기 있어. 제발 살려줘. 여기서

빠져나갈 수 있게 해줘. 제발!'

정금은 가슴 터지게 외쳐대고 또 외쳤다. 눈물마저 마음속으로 흘러내렸다. 정금의 육체는 무엇 하나 꿈쩍도 하지 않았다. 어찌된 영문인지 도무지 알 길이 없었다.

은혜가 있는 순간은 아주 짧은 순간이었다. 그때만 시간이 빨리 흐르는 것 같았다. 금세 칠흑 같은 어둠의 세계가 펼쳐지고, 차가운 바닥에서 또 다시 추위와 공포가 시작되었다.

정금은 또 기억을 붙잡으려고 애를 썼다. 생각을 하면 머리에 바늘로 찌르는 통증이 일어났다. 그래도 사랑하는 은혜를 생각했다. 처음 만났을 때를 기억하려고 했다. 정금은 8세에 엄마와 헤어져서 엄마에 대한 그리움이 컸다. 더구나 친척들과 새엄마에게 눈칫밥 먹던 어린 시절로 늘 정에 굶주려 있었다. 정금은 은혜를 만나서 첫눈에 반할 만큼 따스한 그녀의 미소가 좋았다. 그리고 엄마처럼 자상하게 챙겨주는 은혜여서 더 좋았다. 어쩌면 사랑하는 여자에게서 엄마의 정을 느껴서 더 사랑했는지 모른다. 은혜는 다정다감한 성격이었고, 사소한 것에도 자주 웃어서 정금도 웃게 만들었다. 또 음식 솜씨가 좋아서 언제나 정금을 행복하게 해주었다. 온 가족이 만두를 직접 빚어서 만둣국을 만들어 먹었던 그 따스함을 기억했다. 은혜가 노란색으로 스웨터를 직접 뜨개질해서 생일 선물했던 날을 기억했다. 그때 얼마나 따뜻했던 가를 떠올렸다. 실제로 몸이 녹는 것 같았다.

집에서 편안하고 행복했던 일상을 계속 떠올리려고 했다. 은혜만 생각하면 몸도 마음도 따스해 지는 것 같았기 때문이다.

금세 엄청난 고통이 생각을 모두 몰아내고, 또다시 공포를 몰고 왔다. 뼛속까지 파고드는 아픔의 공포가 시작되었다. 머리는 생각을 많이 한 탓인지 합선된 듯 불똥이 튀기고, 쇳소리가 계속 일어났다. 등 뒤의 살갗은 얼어붙어서 터진 듯 쩍쩍 갈라지는 소리가 나는 것 같았다. 꼼짝달싹 할 수 없는 몸뚱어리가 이젠 더 이상

정금의 것이 아니었다.

정금은 잠에서 깨었다. 이상하게 캄캄한 세계가 아니었다. 정금은 혹시 살아났나 싶어서 다시 눈을 깜빡여 보았다. 이번에는 검푸른 색깔의 어두움이었다. 시퍼렇게 깊은 바다에 빠진 듯한 느낌이 들었다. 정금은 페인트 일을 18년째 하고 있지만 이런 무시무시한 색깔은 한 번도 본 적이 없었다. 깊은 바다 속의 시퍼런 검은색이었다. 바다에 빠진 듯 몸 전체가 축축하다. 거대한 이불들을 모두 적셔서 어마어마한 무게로 정금의 몸 위에 모두 올려놓은 듯 짓눌려 숨을 쉴 수가 없었다. 점점 차가운 물이 들어왔다.

'차라리 잠에서 깨지 않았으면 좋았을 텐데…….'라는 생각을 했다. 새로운 공포로 의식은 더욱 예민하게 반응하고 있었다. 더욱 깊은 공포 속으로 빠져든다. 곧 끈적끈적하고 괴기스럽게 생긴 괴물들이 튀어 나올 것만 같았다. 등과 엉덩이는 짓눌려서 피고름이 흘러 나는 것 같았다. 참을 수 없는 몸서리가 정금을 점점 가라앉게 만들었다.

깊은 축축한 바닥에서 송장처럼 썩어갈 때, 또 저 멀리서 은혜 목소리가 들려왔다. 빛이 보일 만큼 따스한 목소리다. 정금은 숨이 쉬어졌다.

'어떻게 이렇게 다를 수가 있을까?'

은혜는 짓눌려 있는 등과 엉덩이를 뒤집어 닦아주고 주물러 주었다. 정금은 그렇게 짓눌려 있던 등과 엉덩이 살이 되살아나는 것 같았다. 또 축축하고 차가웠던 바닥이 보송해졌다. 그래도 여전히 정금의 세상은 시퍼런 검푸른 색이지만 아까처럼 그렇게 무서운 색깔은 아니었다.

분명히 은혜를 느끼기 때문일 것이다. 정금은 머리를 굴렸다. 가슴도 함께 굴렸다. 은혜와 가졌던 시간들을 기억해 내야만 한다.

은혜를 안고 있었던 기억을 하자, 첫 키스할 때 가슴 두근거리는 기억들이 연달아 떠올랐다. 정금은 조금 따스해지자 또 생각을 붙잡았다. 은혜랑 잠잘 때 부드러운 가슴을 만지던 기억을 오랫동안 집중하려고 애썼다.

은혜가 마지막 식사에서 만든 황탯국을 먹었던 따스함을 기억하려고 했고, 야들야들하고 따끈따끈한 잡채를 먹었던 기억도 떠올렸다. 또 주은이, 주원이도 계속 생각하려고 가슴을 태웠다.

정금은 깨달았다. 사랑하는 사람들과 함께 있거나 생각을 할 수 있다면 이런 공포에서 잠시 벗어날 수 있다는 사실을 깨달았다. 하지만 이내 공포와 견디기 어려운 고통이 오기 때문에 생각을 오래 붙잡을 수도 없었다.

정금은 눈을 뜨다가 놀라서 다시 감았다. 이번엔 차마 볼 수 없는 희귀한 세계가 펼쳐졌다. 섬뜩한 귀신들이 등장하는 시커먼 보랏빛이 나는 세계였다. 공포는 극에 달했다. 여기저기서 귀신들이 튀어나올 것만 같았다. 그동안 정금이 영화에서 수 없이 보아왔던 온갖 종류의 귀신이 모두 튀어나올 것만 같았다. 그런 귀신 생각을 하자마자 시커먼 연기 같은 귀신들의 형상이 보이는 것도 같았다. 공포에 질려 더욱 꼼짝달싹도 할 수 없는 정금에게 갑자기 귀에서 이상한 소리가 들려왔다. 축축한 혀를 날름거리며 차가운 기운이 느껴지는 귀신의 속삭임이었다. 그래도 가만히 대고 있어야 하는 정금은 가슴에서 미친 듯이 울부짖었다. 그러거나 말거나 귀신은 계속 차가운 혀로 날름거리며 속삭였다.

"그래, 어때? 너는 계속 죽지도 못하고 이런 상태로 꼼짝없이 사는 거야. 꼴 좋다."

정금의 온몸에서 털이 솟고, 심장이 튀어나올 것 같았다. 차라리 지금 당장 죽었으면 하는 생각을 했다. 뭔가 또 다른 귀신이 다가오는 느낌이 들었다. 이번에는 핏빛의 눈동자가 보이는 것 같았다. 바로 코앞에서 핏빛의 눈동자가 정금의 눈동자를 들여다보는 것이다. 터질 것 같은 공포에 몸서리를 쳤다. 너무 놀라 눈을 감으려 해도 감기지 않는다.

정금의 몸은 더욱 더 굳어져 가는데 심장만 뛰어다녔다.

'어떻게 이런 공포가 생길 수 있을까?'

공포가 극에 달했을 때 저 멀리에서 무언가 따뜻한 목소리가 다시 들렸다.

정금의 딸 주은의 목소리였다.

"아빠, 나 주은이야. 어서 일어나. 아빠!"라고 흔들며 정금의 손을 만지작거렸다. 주은은 한참이나 아빠의 손을 잡고 울었다. 그러자 신기하게 정금을 사로잡고 있었던 모든 귀신들이 사라졌다. 가슴도 차분해졌다.

정금은 사랑하는 딸의 체온을 느끼려고 집중했다. 시커먼 보랏빛도 약간의 따스함으로 느껴질 정도로 변했다. 역시 사랑하는 사람이 왔을 때, 그토록 무시무시한 세계는 달라질 수 있었다.

정금은 또 기억을 잡으려고 했다.

'사랑하는 딸 주은이가 처음 태어났을 때 얼마나 감동적이어서 눈물을 흘렸던가?'

은혜를 닮아 마음이 예쁜 주은이는 어릴 때부터 무엇이든지 잘해내서 자랑스러운 딸이었다. 엄마, 아빠의 장점들만 닮아 있는 주은이었다. 그러고 보니 주은이와 고등학교 간 이후로 함께 놀러를 간 적도 직접 용돈을 준 적도 없었다.

'우리 주은이가 남자친구가 생기면 내가 봐줘야 할 텐데…… 어떡하지? 우리 주은이 결혼할 때 손잡고 같이 들어가야 할 텐데…… 정말 아빠가 미안하구나! 주은아 사랑한다.'

정금은 딸 주은에게 직접 말하지 못하고, 이렇게 몸의 감옥에 갇혀서 말하고 있음을 한탄했다.

- 🌱 -

정금은 드디어 죽음이 다가오는 것을 느꼈다.

온 세상이 검붉은 피의 색으로 변해 있었다. 차라리 이렇게 빨리 죽는 것이 낫다는 생각을 했다. 끔찍하게 기분 나쁜 세계가 눈앞에 연이어 펼쳐졌다. 바늘로 계속 찌르는 듯 온몸이 아파왔다.

검붉은 색의 정체가 정금의 몸에서 흘러나온 피의 색깔인 것처럼 몸에서 뭔가 빠져나가는 느낌이 들었다. 몸에 짓눌리는 강도가 점점 더 세어진다. 건물이 계속 무너지는 소리가 들렸고, 다시 뒤덮는 듯한 엄청난 무게로 땅 밑으로 꺼질 것만 같았다. 공포는 사라지고, 이제 모든 걸 포기하고 죽음을 기다렸다.

아득하게 들려오는 소리가 또 하나 있었다. 이 소리를 듣자마자 정금은 가슴이 미어졌다.

아들 주원이가 왔다.

'우리 막내 주원이. 아! 우리 주원이, 불쌍한 녀석.'

"아빠! 빨리 일어나. 아빠, 살아나야 돼. 죽으면 절대. 안 돼! 나, 아빠한테 꼭 할 말 있어. 아빠, 내가 잘못한 게 있어. 아빠! 내가 잘못했어!" 주원은 아빠 팔을 흔들며 울었다.

정금도 온몸과 마음으로 함께 울었다.

'눈에 넣어도 아프지 않을 내 아들 주원이, 언제나 마음도 여리고 몸이 약해서 병치레를 많이 했던 내 아들!'

어릴 때는 주원이와 함께 여기저기 놀러도 많이 다녔다. 주원이와의 추억이 저절로 떠올랐다. 자전거 타는 것을 처음 가르쳐 주었을 때, 신나서 웃던 주원의 행복한 얼굴을 그렸다.

축구공을 가지고 운동장에서 함께 놀았던 기억, 그리고 함께 목욕탕에 갔던 추억들이 그림처럼 떠올랐다.

'아빠가 돈 많이 벌어서 우리 주원이 다 클 때까지 지켜 줘야 할 텐데…… 우리 주원이가 요즘 힘든 모양인데…….'

후회가 밀려왔다. 정금은 돌이킬 수 없는 이 상황에 죄인이 된 듯 했다.

'미안하다. 주원아! 아빠가 정말 미안하구나! 사랑한

다. 우리 아들!' 소중한 시간들이 모두 허망하게 지나갔음에 가슴을 치고 후회했다.

'과연 내가 왜 이렇게 갇히게 되었을까? 그것도 내 몸 안에 갇히게 된 이유가 무엇일까?'

몸의 고통과 공포가 지속 되었지만 조금 익숙해져 갔다.

하나씩 생각해 보았다.

정금은 행복한 생활이 찾아왔는데 만족하지 못했고 더구나 감사하지 못했다. 더 욕심내어 사업을 벌였고, 계속 일에 대해 욕심만 냈던 것을 깨달았다. 또 가족들과 보내야 할 가장 귀한 시간에 의미 없는 일 중독에 빠져서 허우적거리고 있던 자기 자신의 모습을 돌이켜 찾을 수 있었다. 가족을 위한답시고 하는 짓 모두 허망한 것들뿐이었다.

정금은 올해 내내 분노했고, 누군가를 계속 저주했다. 또 술에 빠져 있었고, 담배를 밥 먹듯이 피워 댔다.

그리고는 모든 기회를 잃고 말았다.

드디어 정금은 모든 걸 깨달았다.
이 끔찍한 감옥에 갇히게 한 사람을 찾은 것이다.

그것은 바로 '자기 자신'이었다.

8장. 심판대에 서다

시원한 바람이 얼굴에 느껴졌다.

정금의 귀에 커다란 나팔소리가 들린다. 그러자 몸의 짓눌림이 풀어진 듯 느껴졌다. 눈을 뜨려고 했다. 빛이 강렬히 들어와서, 눈을 제대로 뜰 수가 없었다. 천천히 실눈을 떠보니, 푸른 초원에 누워 있었다. 둘러보니 끝없는 푸른 초원이었다.

'드디어 살아난 건가?'

그토록 짓 눌렸던 몸에서 빠져나온 정금은 날아갈 듯 자유로웠다. 일어나서 기지개를 힘껏 펴고, 팔다리를 움직여 보았다. 아무런 이상이 없이 괜찮아 보였다.

옆을 둘러보니, 머리가 하얀 할머니 한 분이 울고 계셨다. 정금은 할머니 옆으로 다가갔다. 몸은 앙상하게 뼈만 남았고, 등은 굽어져 펴지지 않았다. 빨갛게 충혈된 할머니 눈을 들여다보자, 정금은 할머니의 슬픔이 그대로 느껴졌다.

"할머니, 왜 그러세요?"

"오매, 이 일을 으짜쓰나잉? 내가 꼼짝도 못하는 영감을 혼자 두고 와버렸는디. 내가 없으면 안되는디…… 이를 우짠다유. 영감 불쌍해서." 하며 통곡하셨다.

할머니 말씀에서 정금은 살아난 게 아니라 죽은 것임을 깨달았다.

하늘에서 나팔 소리가 또 들려왔다. 굉장히 크고 우레와 같은 소리였다. 이번엔 나팔 소리가 들리자마자 하늘에서 둥글게 회오리처럼 뚫리더니, 열린 문이 생겼다. 이어서 웅장한 소리가 들여왔다.

"이리로 올라오라!"라는 큰 소리가 들려왔다. 할머니와 정금은 어찌할 바를 몰라 그냥 가만히 서 있었다. 그러자 몸이 떠올라 열린 문으로 올라가고 있었다.

열린 문으로 들어서자, 따뜻한 공기가 정금을 감싸

앉았다. 주변은 눈이 부시게 빛나는 천사들이 가득하고, 아름다운 합창소리도 들려왔다. 경이로우면서도 처음으로 느껴보는 평안함이었다.

또 눈을 들어 앞을 보니, 강렬한 빛으로 휩싸인 보좌 하나가 있었는데, 그 보좌 위에 앉으신 분이 한 분 계셨다. 정금은 그분을 보려고 하니, 찬란하고 영광스런 빛으로 휩싸여서 더 이상 볼 수가 없었다. 그 옆에는 또 다른 한 분이 빛의 옷을 입고, 온유하고 자상한 얼굴로 서 있었다. 어디선가 본 듯한 인자한 얼굴이었다. 머리털이 하얀 눈 같았으며, 그의 눈은 불꽃같이 빛나고 아름다웠다. 그분의 손에는 두껍고 오래된 듯한 커다란 책을 가지고 계셨다. 그의 주변으로는 아주 많은 천사들이 함께 있었다.

정금은 이 장면이 무엇인지 알 것 같았다.

'아! 내가 진짜 죽었구나! 죽어서 천국에 온 것일까? 아니, 나 같은 사람이 어째 천국이라니…… 그럼 이곳이 심판대인가?' 언젠가 집에 놀러 온 처제가 이러한 이야기를 한 기억이 불쑥 났다.

'그때는 정말 말도 안 되는 얘기라고 생각했는데…… 이걸 직접 겪게 되다니…… 설마…….'

정금의 심장은 두근거리기 시작했다.

옆에 있는 할머니는 어지러운지 털썩 주저앉아서 눈물을 흘리고 계셨다. 그녀는 계속 할아버지 걱정뿐이었다. 그러자 그 인자한 분이 할머니에게 직접 오셔서 할머니의 눈물을 닦아 주며, 맑은 물소리와 같은 말소리가 흘러나왔다.

"울지 마소서. 다시는 사망이 없고, 애통하는 것이나 곡하는 것이나 아픈 것이 모두 다시 있지 아니하리니 모든 것들이 다 지나갔습니다."

할머니는 그분의 발에 엎드려 목 놓아 통곡했다.

"병원에다가 아픈 남편을 홀로 남겨 두고 와 브렀습어유. 혼자는 아무것도 할 수 없는 사람인디…… 제 맴이 짠하고 짠해서 어쩌쓴디야?" 할머니는 울부짖었다. 그분이 할머니의 눈물을 닦아주고 일으켜 세워 다시 말씀하셨다.

“걱정 마소서. 남편을 보호할 천사들을 이미 보냈습니다.” 그분의 목소리에서 들려오는 말씀은 위안과 평안을 주기에 충분했다. 그제야 할머니는 울음을 멈추었다.

다시 한번 나팔소리가 나자, 우레와 같은 음성이 또 들려왔다.

“이것은 심판 책이라. 죽은 자들이 자기 행위에 따라 책들에 기록된 대로 심판을 받으리니 각 사람이 자기 행위대로 심판을 받으리라.”

그러자 정금의 뒤로 많은 사람들의 행렬이 가득 찬 모습을 볼 수 있었다.

정금은 두려움에 온몸이 떨려왔다.

먼저 할머니가 앞에 섰다. 그러자 심판 책이 펴지고 하늘 위에 글자가 새겨지기 시작했다. 정금은 경이로움을 감추지 못하고, 온몸이 경직된 채 하늘을 올려다보았다.

왼쪽하늘에 짙은 파란색으로 '죄 사함'이라고 명시되었다. 또 오른쪽 하늘에는 붉은색으로 두 줄이 적혀져 내려갔다.

첫째는, 남편에게 자신이 건강하다고 거짓말 한 죄

둘째는, 자식들에게 병을 알리지 않고 의사에게 '보호자가 없다'라고 거짓말 한 죄

이렇게 붉은 글씨로 쓰여 있었다.

할머니는 두 손을 모으고 자신의 죄를 올려다보았다.

그리고 큰 말씀이 흘러 나왔다.

"죄를 사하고 난 다음 두 가지 죄목이 있으나, 이는 자신을 낮추고 헌신하는 사랑에서 나온 죄이므로 모두 사하여 주노라. 천국에서 가장 사랑 받는 자가 되어라."

말씀이 마쳐지자 할머니는 빛으로 휘감겨서, 눈부신 흰옷으로 갈아입었다. 정금이 눈을 의심할 정도로 할머니는 이미 젊고, 아름다운 소녀가 되어 있었다. 살면

서 가장 건강하고 아름다운 육체로 돌아간 듯 했다. 또 천사들의 아름다운 합창 소리도 들려왔다. 마치 축하 파티를 열어 주는 듯 했다. 그녀는 빛나는 흰 옷을 입고, 아주 아름다운 건강한 모습으로 얼굴에는 행복한 웃음을 띠고 있었다.

정금은 천사들이 합창하며 이동하는 쪽으로 보았다. 빛으로 발산된 좁은 길이 생기고, 빛나는 성의 문이 장엄하게 열렸다. 정금은 세상 어디에서도 본 적 없는 아름다운 광경에 넋을 놓고 바라보았다. 그녀는 천사들에게 둘러싸여 미끄러지듯 빛으로 들어가고 있었다.

그 빛의 길은 맑고 투명한 보석 같았다. 가는 길마다 찬란한 빛이 발산되고, 노랫소리가 끊임없이 이어졌다. 정금이 보기에 말로 표현할 수 없는 아름다움이 그대로 느껴졌다.

다음은 정금의 차례다. 정금이 서자, 커다란 심판 책이 다시 펼쳐졌다.

심판 책이 열리자, 온통 하늘이 붉은 글씨로 뒤덮이

기 시작했다.

정금의 평생 지은 죄가 헤아릴 수 없을 만큼 빼곡히 하늘을 덮었다.

자신이 지은 죄이지만 차마 눈 뜨고 볼 수 없을 만큼 상세히 기록 되어 있었다. 아까 본 할머니와의 심판과는 정반대였다. 아주 어렸을 때부터 거짓말과 욕했던 것들이 빠짐없이 나이별로 있었고, 정금도 모르게 사람들을 괴롭히고 비방했던 것들 그리고 용서하지 못하고 복수를 계획했던 일까지 마음으로 지은 죄, 모두가 열거되어 있었다.

특히 불효했던 죄와 자기 자신을 돌보지 않고 돈에 욕심을 내었던 죄 그리고 간음한 죄와 낙태에 동의 했던 죄는 큰 죄에 해당되는 굵은 글자로 표시가 되어 있었다.

이렇게 모든 죄들이 붉은 글씨로 낱낱이 온 하늘에 적혀져 있었다. 정금은 놀라움에 정신을 차릴 수가 없었다. 더구나 스스로 창피해서 고개를 들지 못했다.

이번엔 큰 말씀 소리도 나지 않았다. 곧바로 무서운 공포에 가까운 나팔 소리가 들려왔다. 그러자 정금의 옷이 눈 깜짝할 사이에 벗겨졌다. 발가벗은 채로 서 있었다. 몸은 사시나무 떨리듯 떨려 왔다. 그러자 정금의 발 아래로 끝없이 밑으로 구멍이 생기기 시작했다. 그 사이로 연기가 천천히 올라오며, 화덕 같은 연기 사이로 구덩이가 보이기 시작했다. 한복판에 끓어오르는 불구덩이의 빛으로 조금씩 보이기 시작했다.

'아, 지옥이구나!'라고 생각하자, 정금은 몸이 떠오르더니, 지옥의 불구덩이 속으로 던져졌다.

9장. 지옥에 떨어지다

정금은 불구덩이 속을 향해 떨어지고 있었다. 처음에는 떨어지는 속도가 느렸다. 불구덩이는 땅 깊은 곳에서 들끓고 있었다. 한참을 떨어져도 까마득하게 보였다. 떨어지는 벽면을 보니, 사방이 모두 캄캄했다. 그곳에서 무언가 꿈틀거리는 게 느껴졌다. 시커먼 벽면을 자세히 들여다보니, 끔찍하고 거대한 괴물들이 붙어 있었다. 몸집은 커다란 악어처럼 생겼고, 날개도 붙어 있어 퍼덕거렸다. 벽면에 벗어나기 어렵게 긴 쇠사슬에 묶여서 몸부림으로 요동쳤다. 그 괴물들은 괴음을 내며 울부짖고, 비웃는 희귀한 소리까지 내었다. 그때 마다 악취가 나고, 침 같은 끈적끈적한 액체들이 정금의 몸에 튀었다. 그 괴물의 몸에는 비늘이 덮여 있었고, 긴 팔과

긴 꼬리로 정금의 헐벗은 몸을 한 번씩 내리쳤다. 그럴 때마다 살이 떨어져 나가는 고통을 느끼며 빠른 속도로 떨어졌다. 사방에 그 괴물들로 가득했다. 점점 불구덩이 속으로 빠져 들어가고 있었다.

점점 지옥의 냄새가 나기 시작한다. 그것은 지독한 유황 타는 것 같기도 하고, 계란이나 우유가 썩어 들어가는 지독한 냄새다. 불구덩이 속으로 점점 빠져들수록 어마어마한 사람들의 비명소리가 들렸다. 가까이 가자, 뜨거운 열기로 도저히 참을 수가 없다.

'아직 100미터 이상 남은 거 같은데 이 정도면…… 막상 불구덩이로 떨어지면 어떻게 될까?' 정금은 잠시 생각했다. 엄청난 공포가 밀려왔다. 계속 떨어지고 옆의 괴물들은 축제라도 하는 듯 괴음을 내며, 이리 저리 춤추듯 때리며 더욱 거세게 몸부림을 쳤다. 공포가 극에 달했을 때 떨어지는 속도가 빨라졌다. 가까이에서 보니, 도저히 눈뜨고 볼 수 없는 광경이 펼쳐졌다. 헤아릴 수 없는 많은 사람들이 그 불구덩이 속에서 뒤엉켜서 아우성을 치고 있었다. 비명은 귀가 찢어질 듯 엄청난 굉음이다. 이상한 점은 사람들이 용광로처럼 뜨거운 불구덩이에서 죽지 않고, 계속 뒤엉켜 비명을 지르고 있다는 점이다. 사람들의 울부짖는 소리로 지옥을 충분히 실감케 했다.

정금은 사람들이 뒤엉켜있는 용광로 속으로 떨어졌다. 지옥의 불꽃이 온몸으로 타 들어갔다. 살과 뼈들이 타들어가서 시커멓게 변해가고 있었다. 어찌할 바 모르는 고통에 울부짖고 비명을 질러 대며 몸을 있는 대로 위로 뛰어오르며 비틀어도 계속 살이 타는 고통을 느낄 뿐이다.

'아! 이 정도의 고통이라면 의식이 없거나 죽어야 할 텐데…….'

정금은 엄청난 고통 속에서 죽음만을 기다렸다. 도무지 견디지 못해 몸부림을 칠 때 정금은 기이한 현상을 보았다. 살과 뼈가 다시 타기 전으로 회복되어 또 타들어가는 것을 반복하고 있는 게 아닌가? 정금의 몸은 타

들어가는 고통만 있을 뿐이었다. 수많은 사람들의 아우성과 비명 소리와 함께 정금도 계속 몸부림을 치면서 사람들과 부딪쳤다. 이렇게 살이 타는 고통을 영원이 느껴야 한다는 생각이 들자, 정금은 자신이 마치 괴물처럼 느껴졌다. 모든 살과 눈, 코, 귀가 타 들어갔지만 다시 회복되고 기능도 모두 살아있으며 절대 죽지 않았다. 의식도 잃지 않았다. 단지 고통만 살아있을 뿐이었다.

지옥은 인간으로서는 도저히 상상하기 힘든 고통만 존재하는 곳이었다. 정금은 더 이상 인간이 아니었다.

그토록 뜨거운 불지옥에서 정금의 몸이 무언가에 건져졌다. 괴물들이 정금을 잡아서 차가운 바닥에 내리쳤다. 정금이 옮겨진 곳에는 칠흑같이 캄캄하고, 건조한 쇠 냄새가 나는 좁은 공간이었다. 또 다른 공포가 밀려왔다. 아무리 보려 해도 하나도 볼 수는 없었다. 그러나 괴물들의 숨소리는 느낄 수 있었다. 갑자기 정금의 몸이 벽에 내동댕이쳐졌다. 정금의 두개골이 부서지는 소리가 들렸다. 비명을 있는 대로 질러댔다. 그러자 괴물들이 더 크게 소리치며 정금을 들고 흔들어 대더니 팔다리를 찢기 시작했다. 팔 다리가 찢어지고, 사지가 너덜너덜해졌다. 그런 정금의 몸이 이리저리 계속 내동댕이쳐졌다. 피가 터지고 뼈는 산산이 다 부러졌다. 그래도 정금의 의식이 멀쩡하고 고통만 느껴졌다. 끝까지 죽지 않았다.

폭력을 가하는 괴물들은 지옥에 떨어질 때 벽에 붙어 있던 괴물들과 비슷했다. 괴성을 지르며 끔찍한 행동을 계속했다. 괴물의 몸에 붙어있던 비늘을 가지고 정금의 살을 잘라 떼어내고, 그곳을 쑤셔댔다.

'이 고통을 어찌 다 표현 할 수 있을까?'

정금은 계속 비명을 질러댔다. 그래도 아랑곳 하지 않고 괴물들은 번갈아가며 정금을 벽에 던져 댔다. 머리는 터지고 뼈는 다 부러진 것을 느낄 수 있었다. 도대체 그 끔찍한 짐승들이 얼마나 많은 건지 계속 끊임없이 한 순간도 쉬지 않고, 정금에게 폭력을 휘둘렀다. 괴물들은 계속 소리를 내었는데, 그 소리는 꼭 정금을 욕하고 비방하는 듯한 소리였다. 정금은 그냥 느낄 수 있었다.

괴물들은 시간이 지날수록 더욱 악랄하게 정금에게

고통을 주었다. 입을 찢기도 하고 혀를 뽑기도 했다. 어떻게 형용할 수 없는 고통이 끊임없이 몰려왔다. 어떤 생각도 할 수 없었다. 단지 고통만 있을 뿐이었다.

정금의 몸 마디마디가 모두 산산조각이 났다. 잠시 조용하더니, 정금의 입으로 무언가 들어왔다. 그리고는 계속 몸 속으로 기어 다니는 것을 느낄 수 있었다. 배속 한가운데에서 멈춰서더니, 바늘로 찌르는 고통이 느껴지고 갈아 먹는 소리가 났다. 정확히 뭔지는 모르겠지만, 정금 있는 주변바닥에는 이미 무언가로 가득 찬 벌레 기는 소리가 들렸다. 전갈 같은 것이 손등을 타고 기어 다니며 쏘아대기도 하고, 살을 파고 들락날락거렸다. 차가운 뱀은 몸을 휘감으며 눈에다가 독을 쏘아대었다. 이미 정금의 온몸에 붙어서 벌레들이 뜯어 먹고 있었다.

계속 이어지는 극심한 고통에 치를 떨면서 정금은 아직도 예민하게 의식을 느끼는 자신에게 욕을 해댔다. 계속 욕을 하자 메말랐던 눈물이 흘렀다.

'어찌 이런 고통이 존재할까? 그럼에도 죽지는 않는다니…… 이토록 참혹함을 알려 줘야 할 텐데…….'

여기까지 생각에 미치자, 정금은 은혜와 아이들이 이곳에 올 수도 있다는 생각이 갑자기 들었다.

'사랑하는 은혜가 이 같은 고통 속에서 견뎌야 한다면…… 내 딸 주은이가…… 내 아들 주원이가…… 오! 오! 하나님!'

그것은 차마 상상도 못할 일이었다. 몸의 고통보다 상상의 고통이 더 컸다. 마음이 다시 살아났는지 찢어질 듯 마음이 아프고, 눈물이 쏟아졌다. 자신의 죄로 인해 은혜와 아이들이 지옥으로 올 것만 같았다.

'하나님! 제발, 은혜와 아이들이 이곳에 오지 않도록 해주세요!'

10장. 집으로

이상한 일이다. 더 이상 고통이 없어졌다.

정금은 모든 것이 일시에 느껴지지 않았다.

'도대체 다음은 어떤 고통이 오길래 이렇게 적막감이 감도는 걸까?'라고 생각하며 다음 겪을 고통을 상상했다. 조용할수록 끔찍한 생각이 들었다. 그런데도 아무런 고통이 없었다. 냄새도 더 이상 지옥의 냄새가 나지 않았다.

세상이 따뜻하게 느껴졌다.

어디에선가 고요하게 아름다운 소리가 들린다. 잔잔한 음악 소리와 함께.

"하늘에 계신 우리 아버지여

이름이 거룩히 여김을 받으시오며 나라가 임하시오며

뜻이 하늘에서 이루어진 것 같이

땅에서도 이루어지이다

오늘 우리에게 일용할 양식을 주시옵고

우리가 우리에게 죄 지은 자를 사하여 준 것 같이

우리 죄를 사하여 주시옵고

우리를 시험에 들게 하지 마시옵고

다만 악에서 구하시옵소서

나라와 권세와 영광이 아버지께 영원히 있사옵나이다, 아멘"

그러자 빛이 갑자기 들어왔다.

'이게 도대체 얼마 만에 보는 빛인가?'

다시 실눈을 뜨고 살펴보았다. 주변이 보이기 시작했다. 천천히 둘러보았다. 많은 침대에 누워 있는 환자들이 있다. 또 흰 가운을 입고 다니는 의사와 간호사도 보인다.

'아! 내가 다시 살아났구나!'

정금은 가슴이 뛰기 시작했다. 믿어지지 않았다.

정금은 말하고 싶어도 말이 나오지 않았다. 다시 창 밖을 보았다. 창 밖에는 캄캄했다. 그러고 보니 밖은 밤인 모양이었다. 창 밖으로 캄캄한 밤을 한참 바라보니, 정금은 그간 육체의 감옥에서 겪은 일들과 지옥에서 겪은 일들이 현실처럼 생생히 느껴졌다. 다시 몸서리가 쳐졌다. 몸에 경련이 일어나는 것 같았다. 다시 눈을 감았다. 그리고 천천히 생각나기 시작했다.

갑자기 천국으로 들어간 할머니가 생각났다. 아름다운 모습으로 찬란한 빛의 세상으로 들어가던 그분이 떠오르자 정금은 이내 평온을 찾았다.

'그분은 어떻게 천국에 가게 되었을까?'

그 할머니의 죄는 대부분 '죄 사함'으로 대체되었고, 남은 두 가지 죄도 헌신하는 사랑으로 모두 용서 받을 수 있었던 것이 생생하게 기억났다.

멀리서 십자가가 보였다.

정금의 눈에 십자가의 불빛이 신비롭게 비춰지는 건 처음 있는 일이다. 분명히 주변에 있던 십자가를 그동안 한 번도 느끼지 못하고 살았다. 정금은 얼마나 죽어 있었는지 알 수는 없었지만 이렇게 다시 십자가를 볼 수 있어서 경이로웠다.

이내 살았다는 안도감보다 언제 다시 지옥으로 갈지 모른다는 생각이 들었다. 정금은 해야 할 일을 빨리 해야겠다는 생각에 다급해졌다. 마음을 굳게 먹고, 가족을 기다리며 정신을 가다듬었다.

맞은편에서 중환자실 문이 열리고, 은혜가 걸어 들어왔다. 정금은 은혜가 들어오는 모습을 한 순간도 놓치기 싫어서 뚫어져라 바라보았다. 마치 빛나는 천사가 들어오는 모습처럼 느껴졌다. 정금이 직접 천국에서 본 그 빛과 같았다.

그녀는 환한 웃음을 띠고, 정금에게 달려와 포옹했다. 정금은 다시 은혜의 웃음을 보았고, 품에 안겨 체온을 느끼며 감격의 눈물을 흘렸다. 더 이상 바랄 게 없을 만큼 감사했다.

그리고 언제 다시 지옥으로 돌아갈지 모른다는 생각이 들자, 또 마음이 바빠졌다.

은혜는 뼈만 남은 정금을 안고 한없이 울었다.

"당신 정말 기적이야. 의사 선생님도 가망 없다고 했는데…… 뇌사상태로 이렇게 열흘 만에 깨어나다니…… 정말 기적이야. 여보, 정말 고마워. 이제 회복만 잘하면 문제없을 거야."

은혜의 말에 정금은 말하려고 노력했다. 그러나 말이 잘 나오지 않았다. 그래도 애써 노력했다. 은혜에게 집중해서 들으라고 손을 잡고 말을 내뱉었다. 은혜는 도저히 그 말을 알아듣지 못했다.

정금은 현금이 얼마 들어 있는 통장 비밀번호를 말하려고 했던 것이다. 은혜가 도저히 알아들을 수 없자, 정금은 은혜의 손바닥에다가 비밀번호 네 자리를 썼다. 은혜가 숫자를 듣고 뭐냐고 물었을 때 정금은 힘들게 한 단어씩 말했다.

"비밀번호"라고 알아듣고는 은혜는 또 다시 눈물을 흘리며 말했다.

"이게 뭐가 그리 중요하다고…… 나한테 가르쳐주지 말고 회복해서 당신이 알아서 해."

아랑곳 하지 않고, 정금은 마음이 다급해져서 다시 말하려고 했다. 이번에는 은혜가 연필과 종이를 정금에게 쥐어 주었다.

'지옥이 진짜 있어.'

그리고 그 밑으로 또 써내려갔다.

'내가 갔었어.'

'당신과 아이들이 절대로 가면 안 되는 곳이야.'

'무조건 가면 안 돼.'

'처제를 만나봐.'

은혜는 힘들게 써내려가는 정금의 손을 꼭 잡아주었다. 그리고 다정하게 말했다.

"당신 이제 진짜 괜찮아. 살아났어. 회복만 잘 하면 집에 갈 수 있다고 의사가 말했어."

눈물을 흘리며 말하는 은혜의 말에도 정금은 할 말

이 남은 듯 써내려갔다.

'미안해, 고마워, 사랑해.'라고.

정금은 언제 어떻게 될지 모른다는 생각에서 벗어날 수 없었다. 할 수 있을 때 무엇이든지 놓치지 말고 해야겠다는 생각만 가득했다.

주은과 주원이가 나타났다.

정금은 아이들을 보자, 감격하여 앙상한 팔로 감싸 안으며 한없이 눈물을 흘렸다.

'내 아이들을 다시 만나고 안을 수 있다니…… 이런 기적이 내게 일어나다니…… 오! 감사합니다.'

정금은 아이들에게 한마디씩 천천히 했다.

"사랑해."라고 분명히 말했다.

"아빠, 저도 너무 너무 사랑해요. 빨리 집으로 가요." 주은은 아빠를 꼭 안아주었다. 더 이상 그동안에 일은 아무것도 아니었음을 깨달았다.

"아빠, 나는 아빠만 내 옆에 있으면 다 괜찮아. 나도 이제 아빠를 도울 수 있어요. 아빠 사랑해."

막내 주원이가 훌쩍 큰 모습으로 정금에게 위로를 했다.

정금의 가족이 삶의 큰 비밀을 알아낸 듯 모두 같은 마음이었다.

정금은 아이들을 만나고 진심으로 다시 살고 싶었다. 다시 사랑할 기회를 얻을 수만 있다면 무슨 일이든 다 할 수 있을 것만 같았다. 병실에서 살아 나가서 다시 집에서 생활을 할 수 있다면 정금은 기억하는 모든 것들을 잊지 않고 살아야겠다고 다짐했다.

이젠 세상을 어떻게 살아야 하는지 분명히 알았기 때문이다.

\- -

정금은 일반 병실로 내려왔다. 그러나 여전히 두려움은 순간적으로 휘몰아친다. 쉽게 잠들 수가 없다. 눈을 감으면 깊은 수렁으로 빠지는 듯하여 몸의 긴장을 한시도 늦출 수가 없다. 그런 상태를 아는 은혜가 늘 곁에 있어 주었다.

거울 속 정금은 알아볼 수 없을 만큼 뼈만 앙상하게 남아 있었다. 정금 자신도 깜짝 놀랄 지경이다. 근육은 하나도 없고, 뼈에 붙은 쭈글쭈글한 피부만 남아 있었다. 머리카락도 많이 빠져 있다. 한마디로 사람이라 하기에 볼품없었다. 말도 잘 나오지 않고, 마음대로 되는 것이 하나도 없었다. 일어나지 못해서 대소변을 받아 내야 했다. 그래도 한시도 떠나지 않고 은혜는 정금을 정성으로 보살펴 주었다.

정금은 희망적인 생각이 들지 않았다. 예전처럼 살아갈 수 없을 것 같았다. 눈을 감고 잠을 청하면 순식간에 지옥으로 떨어질 것 같은 공포가 이어졌다.

'지옥에 있었던 그 순간, 단 몇 초라도 살아서 은혜에게 하고 싶은 말을 할 수 있다면 더 이상 바랄 게 없었는데…….' 정금은 지금 세상을 다 얻었건만 역시나 사람은 간사하다고 생각했다.

시간이 지날수록 정금은 뼈밖에 남지 않은 자신의 몸이 살이 붙어가고 있는 것을 느꼈다.

병실에 그동안 만나지 못했던 친척들과 친구들이 끊임없이 방문했다. 정금은 사람들을 만나서 위로해주는 말을 듣고, 조금씩 용기를 가지기 시작했다.

은혜는 정금을 사랑으로 보살폈다.

'바로 사랑의 힘이었을까?'

정금은 빠르게 회복이 되어가고 있었다. 정금의 마음도 조금씩 평안해지고 잠도 청할 수 있었다. 곧 퇴원도 기대할 수 있게 되었다. 그러다가 몸에서 열이 났다. 병원에서는 요로 감염이 되었다고 했다. 관련된 염증을 치료하느라 일주일이 더 연기되었다. 은혜는 정금을 안심시키며 치료에 집중했다. 무엇이든 만만치 않았다. 그래도 시간은 흘렀고, 정금은 40일 만에 퇴원할 수 있게 되었다.

비틀거렸지만 정금은 혼자 힘으로 일어설 수 있었다.

그리고 걸어서 집으로 들어갈 수 있었다.

꿈만 같았다. 은혜는 현관문을 열면서 감격스러워 눈물이 났다. 집에 들어서면서 먼저 늙은 호박이 눈에 띄었다. 지금까지 우리를 기다리고 있었던 것처럼.

'지금 내가 살아 있는 것보다 더 중요한 것이 무엇인가?'

'세상에서 가장 중요한 것은 내가 살아있는 것이다.'

정금은 살아서 집에 돌아왔다.

11장. 비상대책회의

B팀 팀장이 상기된 얼굴로 팀원들을 불러 모았다.

작년에 새로 부임한 B팀 팀장의 패기는 아무도 못 말릴 정도로 악독했다. 그래서 작년 B팀이 최고 실적을 올려 대장 사탄에게 인정받은 바 있다. 여러 마귀들과 졸개들은 팀장의 부름에 허겁지겁 회의장으로 들어왔다.

"야! 빨리 빨리 안 움직이냐? 이 게을러빠진 놈들!"

때려잡을 듯한 기세로 팀장은 소리쳤다.

"야! 잘 들어라! 이거 조짐이 이상하다. 오늘 회의는 박정금 가족에 대해 우리한테 문제가 무엇인지 구체적으로 원인 분석해서 대책을 마련해야 한다. 이것을 극복하지 못하면 우리는 큰 위험에 빠질 수 있는 만큼 이번 회의가 중요하다는 걸 명심해라."

팀장이 비장한 각오로 말하자 모두 자세를 바르게 했다.

팀장이 말을 이어서 했다.

"오늘 핵심은 도대체 왜 박정금이 돌아섰는지에 대한 문제다. 분명히 오랫동안 우리 백성이었는데도 불구하고 왜 박정금이 돌아섰는지에 대해서 먼저 원인 파악하고 대책을 세워야만 한다."

박정금에 대해서는 오랫동안 마귀들이 함께 공조해서 진행했기 때문에 모두 속속들이 알고 있었다.

"내가 이해 안 되는 것이 있는데 박정금 가족은 모두 우리 공격을 받아 영적 죽음 상태로 모두 성공했지 않나? 그것도 심각한 영적 죽음 상태였는데 도대체 왜 이런 일이 벌어졌는지 담당자가 먼저 말해봐라."

다그치는 팀장의 말에 담당 마귀가 답했다.

"네, 박정금은 우리의 종인 김창식으로 인해 배신과 사기로 심한 마음의 상처입고, 우리가 그 상처를 틈타 분노를 일으키는데 성공했습니다. 그래서 우리 백성으로 종노릇 할 수 있었습니다. 그런데 박정금이 갑자기 쓰러지면서 서서히 회개가 일어난 듯합니다. 쓰러져서 육체에 갇히고 과거를 되돌아보면서 회개가 일어난 것 같습니다. 또 지옥 경험으로 우리의 비밀을 알게 되어 지금은 걷잡을 수 없는 회개로 우리 백성에서 빠져나가려고 합니다. 하지만 아직까지 완전히 돌이키진 않은 듯합니다."

박정금을 담당하고 있는 마귀가 자신이 파악한 대로 보고를 했다.

팀장은 갑자기 언성이 높아졌다.

"아니, 이 새끼야! 어디서 그 말 같지도 않는 변명을 늘어 놓냐? 박정금은 욕도 잘하고 화도 잘 내는 딱 우리 편이었다. 새끼가 그걸 하나 못 잡아 놓고 무슨 변명이야 변명은. 돈의 노예까지 됐는데도 불구하고 기회를 놓쳐? 도대체 그 빌어먹을 회개는 왜 하도록 방치하는데?"

쏘아대는 말에 마귀는 더듬거리며 다시 말했다.

"그게 알고 보니 김은혜의 여동생 김지혜가 예수 이름으로 계속 기도를 해주고 있었습니다. 덩달아 김은혜도 아이들과 함께 기도했는데…… 이럴 줄 알았더라면 기도를 막았을 텐데…… 그렇게 중보 기도를 하는 줄은 미처 파악하지 못했습니다. 또 한 가지 추측되는 것은 그동안 우리 공격으로 듣지 못했던 자신의 천사 소리를 듣게 된 듯합니다."

이 말에 팀장은 그에게 달려가서 주먹으로 얼굴을 가하고 목을 졸랐다.

"야! 미친 새끼야! 이 새끼가 진짜 우리 팀을 말아먹고 싶어서 환장을 했나? 너 진짜 디져 볼래? 밀착관리를 했어야지. 밀착관리를. 이런 것들을 미리 방지하라고 그만큼 치밀하게 또 치밀하게라고 노래를 불렀건만. 전략을 세우라고 할 때는 어디서 자빠져 있다가 그걸 파악 못했다는 게 말이라고 지껄이고 있어? 혀를 통 채로 뽑아줄까? 이 새끼야!"

팀장은 담당 마귀의 뺨을 여러 차례 때리고 침을 뱉었다.

"이제 빠져나가는 건 시간문제인 거 같은데…… 이 일을 니가 어떻게 책임질 건데?"

"죄송합니다."

고개를 숙인 마귀는 더 이상 할 말을 잃었다.

자리로 돌아와 찬물을 잔뜩 들이킨 팀장은 팀원들을 다시 집중시켰다.

"야, 모두 정신 차리고 집중해서 잘 들어라! 이것은 보통 심각한 문제가 아니란 말이다. 왜냐하면 한 사람의 진정한 회개가 예수를 영접하고 진짜 그리스도인이 되면 어떤 파급효과가 있는지 우리는 그동안 너무나 많이 봐왔다. 가짜가 판을 치는 세상이라 다행이지만 간혹 진짜가 나타나면 우선 혼자 빠져나가는 것이 아니라 수많은 사람들을 같이 빼돌리는 데 큰 문제가 있다. 얼마 전까지만 해도 충성된 우리 종이었던 김영광을 기억할거다. 그 부인이 교회 다니는 것을 방해하려고 쫓아다니다가 오히려 본인이 회개하고 곧이어 예수 영접해서 진짜 그리스인으로 되는 게 얼마나 빨리 진행됐는지 지금 생각해도 소름 돋는다. 진짜는 예수가 이미 승리한 것까지도 알고 덤비기 때문에 사실 막기가 힘들고 또

한 불같은 성령까지 함께 돕기 때문에 우리가 접근하는 것 자체가 불가능하다. 우리가 이것들 때문에 얼마나 골치가 아팠냐? 한 사람으로 인해서 복음전파가 실제로 핵폭탄일 수도 있다. 그래서 비상대책회의를 하는데 이 사건은 훨씬 더 심각하다고 판단된다. 왜냐하면 박정금은 이미 죽음과 지옥의 맛을 보았기 때문이다. 그가 영적으로 깨어나서, 예수와 온전히 연합한 자가 되면 그야말로 큰일이다. 그렇다고 또다시 영적 죽음에 이르게 하는 것은 그리 만만치 않다고 본다. 그러면 현재 박정금의 상황을 아는 데로 구체적으로 파헤쳐보자."

현장에서 함께 뛰었던 보조 마귀가 말문을 열었다.

"제가 보기엔 박정금은 지금 현재 살아서 집으로 돌아가긴 했지만 아직까지는 병약하고 심리적으로 상당히 나약해져 있는 상태라고 보여집니다. 여전히 불안한 상태고 공포감도 많이 느끼고 있기 때문에 멍하게 TV를 보거나 누워 있는 자는 시간이 많다는 장점이 있습니다. 또한 자기 분노가 그대로 살아 있어서 조금만 건드려줘도 화내고 욕하고 조절이 잘 안 되는 점이 희망이라고 볼 수 있습니다. 그 화를 타고 들어가는 전략을 펼치면 가능합니다. 왜냐하면 친구 김창식이 우리의 종이기 때문에 간계를 쓰면 바로 분노가 표출되고 그 배신감과 모욕감으로 견디지 못할 겁니다.

그때 공격하면 상당히 먹힐 겁니다. 무엇보다 박정금에게 가장 중요한 것은 돈에 대한 집착을 버릴 수 없다는 겁니다."

팀장은 조금 안도감이 생겼지만 내색하지 않고 말했다.

"야! 새끼야, 넌 또 뭘 그리 낙관적이야? 박정금은 이제 종잡을 수 없다. 이제 계획대로 안 될 가능성이 높단 말이다. 제발 정신 좀 차려라. 귀담아 잘 들어!

박정금에게 불안과 공포를 심각하게 쏟아 부어라. 그동안 너희가 일한 거에 열 배로 움직여라. 그리고 김창식 그 종을 활용해서 쓴 뿌리 공격으로 계속 분노가 치밀게 만들면 우리 영역으로 잠시 돌아올 수 있을 것이다. 그러면 그때 사업이 잘되도록 미끼를 던져라. 계속 바쁘게 만들어서 정신 없게 하는 전략을 써라! 결국 박정금은 우리 팀에서 반드시 돈의 노예 상태로 만들어야 한다. 알겠냐?"

"넵, 명심하겠습니다."

두 마귀는 크게 답했다.

연이어 팀장은 가족파악으로 들어갔다.

"그럼 다른 가족들 상태는 어떻냐?"

은혜를 담당하는 마귀가 말했다.

"부인 김은혜는 몇 가지의 사회생활로 자기 자신이 아무것도 할 수 없다는 자신감을 잃은 상태입니다.

그 낙심이 공격할 수 있는 가장 핵심 포인트라고 봅니다. 더구나 박정금이 현재 아픈 관계로 돈을 혼자서 벌어야만 하는 김은혜는 돈에 대한 걱정과 갈망이 극에 달해 있습니다. 또 친구들 사이에 뱀 같은 혀로 이간질을 잘하는 친구가 여럿 있는데 접근해서 상처받게 만들면 별 문제가 없을 듯합니다. 그런데 한 가지 문제는 가장 먼저 복음을 전한 사람이 친동생 김지혜입니다. 김지혜의 접근을 막으면 김은혜는 문제가 없을 것 같습니다."

문제가 없을 거라는 말이 나오자 팀장은 또 발끈했다.

"이 새끼가 진짜 놀고 있네. 문제없긴 뭐가 문제가 없는데? 멍청한 새끼야, 여기서 김지혜가 얼마나 위험한 인물인지 알고 떠드냐? 니가 김지혜를 도대체 무슨 방법으로 막을 건데?"

신경질적인 추궁에 더듬거리며 말했다.

"아, 제가 한번 파악해 보겠습니다."

팀장이 던진 물 컵이 마귀 머리를 맞췄다.

회의장에 긴장감이 돌았다.

"똑바로 들어라. 김은혜는 친구들을 이용해서 사기와 배신으로 상처받게 하고 돈과 자식들 문제로 걱정 근심이 끊임없이 생기게 하라. 또 일하는 것도 잘되게 해서 파김치가 될 정도로 바쁘게 만들고 가정에서는 항상 짜증나게 만들어라. 여기서 주의해야 할 점은 현재 김지혜로 인해서 지속적인 복음이 전파될 수도 있으니까 기필코 막아야 한다. 무슨 수를 쓰든 김지혜가 더 이상 기도하지 못하게 막고 접근도 하지 못하도록 김지혜

가정을 공격하라. 남편이 가짜 그리스도인이니 그 남편을 음란하게 만들어 간음으로 공격하면 가정을 파괴할 수 있다. 알겠냐?"

"네, 알겠습니다."

이어서 다그치듯 팀장이 물었다.

"또 애들 상태는 어떻냐? 빨리 진행해!"

다음은 주은을 맡은 마귀가 말했다.

"박주은은 남자친구로 말미암아 육체적 정욕에 눈을 떴기 때문에 여러 가지 간계로 쉽게 유지할 수 있습니다. 오디션에 참가했을 때 우리 백성들의 공격으로 이미 꿈이 낙심이 되어가고 우울해하고 있습니다. 현재 우리 쪽으로 많이 기울었습니다. 기본적으로 박주은은 이생의 자랑에 대한 욕망이 크고 자기중심적이기 때문에 남들이 자신을 어떻게 보는지가 중요한 아이입니다. 그래서 충분이 유지시킬 수 있다고 봅니다. 문제점 하나는 성격 자체가 밝고 기쁨이 많은 아이여서 자신의 천사소리가 잘 들리는 아이인데 그것이 좀 걸림돌이 될 것 같습니다."

주원의 담당 마귀가 말을 이어서 했다.

"박주원은 별 걱정하지 않아도 될 듯합니다. 박주원은 원래 많이 나약한 아이였고 학교에서 오랜 왕따를 당해서 지금은 현재 우울증세가 있는 상태입니다. 박주원은 크게 전략을 짜지 않아도 지금 하고 있는 오락중독을 좀 더 강화시키고 또 인터넷의 음란사이트까지 열어주는 그 정도만 하더라도 가족 전체 미치는 영향이 클 거라고 생각합니다."

듣고 있던 팀장이 눈살을 찌푸리며 일어났다.

"또 또 시작이다. 너희의 그 안일함 때문에 항상 일을 그르친다는 걸 왜 모르냐? 제발 긍정적인 생각은 버려라. 우린 마귀다. 이 멍청한 새끼들아!"

모두 숨을 죽이고 고개를 떨어뜨렸다.

"정신 차리고 들어라. 애들이 자신의 천사소리가 들리지 못할 정도로 너희가 옆에서 정신없이 움직여라. 그 집 애들이 선해서 너희가 시끄럽게 해야 천사소리를 듣지 못할 것이다. 박주은을 더욱 교만한 아이로 만들고 육체의 정욕에 빠지게 옆 팀의 자문을 구해라. 박주원은 인터넷으로 오락과 음란사이트로 중독되게 하고 우울증으로 심각한 상태를 만들어라. 박정금과 김은혜가 아이들 걱정으로 근심과 두려움이 끊어지지 않도록 움직여라. 가족 중 특히 아이들에 문제가 생겼을 때 모두 실족시킬 수 있는 가장 좋은 전략이 될 수 있다. 이런 전략들이 모두 구체적으로 완성되었을 때 박정금은 다시 우리 백성으로 돌이킬 수 있을 것이다. 자, 이제 시간별 장소별로 좀 더 구체적으로 계획을 세워라. 너희가 이제 해야 할 일은 호시탐탐 발 빠르게 움직이는 방법밖에 없다. 이번에는 절대로 놓치는 경우가 없도록 명심해라."

"넵! 명심하겠습니다!"

팀장은 정리가 된 듯 목소리에 힘을 주어 말했다.

"그럼에도 불구하고 박정금은 진짜 그리스도인이 되는 과정을 밟고 있기 때문에 우리가 오늘부터 비상체제를 갖추고 공격해야 한다. 이것을 해결하지 못하면 우리 팀에 미래는 없다. 명심해라. 실패하면 팀 전원이 사탄의 손에 끔찍하게 처형당할 것이다. 철저히 스케줄링해서 빨리 가져와."

처형이라는 말에 모두 비장한 각오를 다짐했다.

 12장. **산책길에서 만난 그분**

박정금은 소파에 기대어 창 밖 하늘을 쳐다보았다. 몽실거리는 흰 구름이 떠다니는 모습을 따라갔다. 한참을 바라보니 구름 타고 떠다니는 듯 기분이 좋아졌다. 집으로 돌아온 지 한 달 남짓 지났다. 이제는 가까운 곳을 산책할 수 있을 정도로 몸이 회복되었다. 일요일 아침 창문 너머에는 빛들이 춤을 추는 듯 밝게 보였다. 정금은 나가고 싶다는 충동이 들었다.

음식솜씨가 좋은 은혜는 입소문이 나면서 출장 요리로 정신없이 바빠졌다. 주말에는 더 바쁘다. 여기저기서 찾는 손님들이 많아지면서 처음에는 기분 좋았지만 요즘은 부쩍 힘들어 했다. 집에만 돌아오면 아무것도 할 수 없을 만큼 파김치가 되어 짜증이 갈수록 늘어갔다.

주은은 남자친구인 준석이 만나러 일찌감치 나갔고, 주원은 자기 방에서 무엇을 하는지 틀어박혀 잘 나오지 않는다.

오전 10시가 되자 정금은 옷을 두툼하게 차려 입고 외출 준비를 했다. 모자와 장갑까지 챙기고 가까운 곳에 산책할 작정으로 나섰다. 퇴원하고 혼자 나가는 일은 처음 있는 일이다.

엘리베이터를 내려오면서 들뜬 기분이었다. 햇볕이 내리쬐는 바깥 공기는 신선했다. 몸과 마음을 모두 씻어주는 듯한 찬 공기가 기분이 좋았다. 두 팔을 벌리고 마시고 또 마시기를 여러 차례 반복했다. 천천히 걸어서 나갔다. 주변 풍경이 모두 새롭게 보였다.

정금은 겨울을 이겨내고 견딘 나무들이 마치 오랜 친구를 만난 듯 반가웠다. 이제 곧 맞이할 봄을 준비하는 나무에게 속으로 말을 걸었다.

'반갑다. 나무야. 잘 있었나? 너도 살아났구나!'

지나가는 나무를 볼 때마다 말을 거는 자신을 발견하고 웃음이 났다.

일요일이어서 대부분의 상점들이 문을 닫고, 골목길은 한산했다. 슈퍼마켓을 지날 때 앞 진열대에 나와 있는 상품들을 구경하는 맛을 소소히 즐겼다. 세일하는 과자들이 종류별로 담긴 박스가 여러 개 있고 그 뒤로 음료수 선물세트들도 다양한 모양으로 나와 있다. 작은 빨간 바구니 안에는 고구마, 귤이 정겹게 담겨져 있는 모습이다. 주택에서는 집집마다 사는 느낌을 그대로 전해주는 듯 했다. 정금은 동네 산책이 이렇게 볼 것이 많은지 미처 몰랐다.

그렇게 걷다가 보니 갑자기 나타난 십자가 앞에서 발길을 멈췄다. 십자가를 뚫어지게 쳐다보았다. 뭐라 말할 수 없는 감정에 휩싸였다. 정금은 동네에 이런 데가 있었나 싶을 정도로 처음 보는 풍경에 사로잡혔다.

'예전에도 이런 모습으로 있었을 텐데…… 그때는 전

혀 보이지 않았던 것들이 이제야 보이다니.'

정금은 그 자리에서 한참 서 있었다. 작은 마당에 정원을 차려놓은 아담한 건물에 가정집을 연상하게 하는 교회였다. 문이 열려진 그곳으로 많은 사람들이 몰려 들어가고 있었다. 대부분 가족 단위였다. 정금은 부부끼리 온 모습에 살짝 부러움으로 쳐다보았다. 곧 예배가 시작될 모양이었다. 정금의 발길이 자연스럽게 사람들이 들어가는 입구로 향하고 있었다. 내부는 소박하게 나무 의자로 비치되어 있었다. 이런 나무 냄새를 어릴 적 느껴본 적이 있는 듯 했다.

정금은 뒷자리 귀퉁이에 앉았다. 모자와 장갑을 벗고 다른 사람들이 하는 것처럼 두 손 모아 기도를 했다. 어떻게 기도하는지 잘 몰라서 눈을 감고 가만히 있자 눈물이 흘렀다. 무슨 이유인지 모르지만 정금의 눈에서 하염없이 눈물이 흘러내렸다. 그냥 모든 위안을 받는 듯했다. 무언가 감싸는 듯하고, 머리 정수리에서 찌릿한 느낌이 들었다. 찬송이 흘러나왔다. 앞에서 찬양대가 이끌고 모든 사람들이 따라서 찬송을 한다. 아름다웠다. 첨 듣는 곡의 찬송이었지만 정금은 눈물을 흘리며 따라 부르고 있었다. 곧이어 목사님이 나와서 설교가 이어졌다.

"오늘의 설교는 '예수님, 십자가에 못 박히시다'입니다. 성경말씀은 누가복음 23장 34절 말씀입니다."

"이에 예수께서 이르시되 아버지 저들을 사하여 주옵소서. 자기들이 하는 것을 알지 못함이니이다 하시더라. 그들이 그의 옷을 나눠 제비 뽑을 새……"

정금은 이 말씀을 듣자마자 가슴이 뛰기 시작했다.

갑자기 죽음에서 깨어나 바라본 십자가가 떠올랐다. 중환자실에서 방송으로 들려준 주기도문도 기억났다. 병원에서 십자가를 바라보면서 십자가에 도대체 어떤 의미가 있을까라는 생각을 수도 없이 했었다. 다시 살아나서 가장 먼저 하고 싶었던 것이 바로 이 십자가를 알고 싶었던 거라는 걸 깨달았다. 지금 그 진실과 마주하고 있다는 사실에 박정금은 소름 끼칠 정도로 충격에 휩싸였다.

예수님이 처참한 고통으로 십자가를 지고 못 박히는 장면을 실제로 느낄 수 있도록 눈앞에서 그려내는 목사님의 말씀에 정금은 뭐라 말할 수 없을 만큼 가슴이 메어왔다. 그리고 한 번 더 강조하는 말씀에서는 모든 세상이 멈추었다.

"아버지, 저들을 사하여 주옵소서. 자기들이 하는 것을 알지 못 함이니다."

그 말씀은 살아서 정금 마음에 빛으로 들어왔다. 정금은 지금 십자가에서 고통으로 죽으시며 정금을 용서해달라고 하나님께 기도하는 예수님이 보였다. 자신의 셀 수 없는 죄 때문에 지금까지 상상하기 어려운 처참한 고통과 모욕을 당하며 변명도 없이 십자가를 지시고도 이제 정금에게 분명히 말했다.

"너의 죄를 용서한다고."

도저히 말로는 표현하지 못할 충격이었다.

'나를 지옥에서 건져낸 분이 바로 그분!'

또 성경 말씀이 이어졌다.

“예수께서 이르시되 내가 진실로 네게 이르노니 오늘 네가 나와 함께 낙원에 있으리라 하시니라.”(누가복음 23장 43절)

그 죄인은 바로 정금 자신이며 옆에서 직접 하시는 말씀으로 느껴졌다.

‘예수님께서 나 때문에 십자가에서 죽으시고 천국으로 데리고 가신다니…… 또 이렇게 나를 불러 친히 나에게 말씀하시다니…… 어떻게 이런 일이.’

정금은 눈물 콧물로 얼굴이 엉망이 되었다. 숨을 쉴 수 없을 만큼 흥분이 고조되어 더 이상 앉을 수가 없었다. 조용히 일어나서 나왔다. 심호흡을 몇 번 했다. 겨우 정신이 차려져서 집을 향해 천천히 걸었다. 눈물이 계속 떨어졌다. 아이처럼.

정금은 집으로 돌아와서 방문을 걸어 잠갔다.

무릎을 꿇고 두 손을 모았다. 저절로 절규하듯 기도가 터져 나왔다.

“예수님, 죄송합니다. 예수님, 죄송합니다. 저 같은 죄인 때문에 고통을 당하고 죽게 만들어서 정말 죄송합니다. 제가 당해야 할 것들을 예수님께서 저 대신 당하시다니요? 정말 죄송하고, 죄송하고, 또 죄송합니다. 예수님, 하나님께 절위해 기도하시는 모습을 오늘 제 눈으로 똑똑히 보았습니다. 잘못한 것은 저인데 어찌 예수님께서 그 죄를 짊어지고 죽으셨습니까? 저는 차마 감사하단 말씀도 죄송해서 입 밖으로 나오지 않습니다. 예수님, 저는 저의 죄를 모두 보았습니다. 용서받지 못할 셀 수 없이 수많은 죄들을요. 죄인지도 모르고 저질렀던 추악한 죄, 거짓말을 밥 먹듯 하며 남들에게 상처주고, 잘난척하는 교만덩어리였습니다. 더구나 간음하며 잘난 척하고, 부모에게 죄책감 없이 불효하며 내 아이를 낙태까지 시키며 괴물로 살았습니다. 예수님, 저는 위선자이며 죄인 중에 죄인입니다. 죽을죄를 저질렀습니다. 실제로 지옥에 떨어질 수밖에 없는 저는 용서받지 못할 죄인입니다. 도대체 셀 수 없는 죄를 어찌 다 용서받을 수 있겠습니까?"

정금은 심판대에서 본 자신의 죄가 생생하게 생각나

기 시작했다. 더욱 가슴을 찢으며 울부짖었다.

"하나님, 차라리 저를 죽여주세요. 용서하지 마시고 저를 죽여주세요."

정금은 죄가 하나씩 들어날 때마다 자신의 추악한 모습을 다시 돌아보며 회개의 눈물을 쏟았다.

"예수님, 저를 천국으로 데려간다는 말씀은 또 무슨 말씀입니까? 저는 다시 살아나서 아무것도 하지 못한 그대로의 죄인인데, 아니, 죄를 더 저질렀는데 어째서 저를 천국으로 데리고 가신다는 말씀입니까? 왜 저에게 이러십니까? 하필이면 왜 이렇게 죄 많은 저를 사랑하신다는 겁니까? 도대체 왜요? 예수님 감당하기 어렵습니다. 그냥 죽여주세요. 그냥 죽는 것이 차라리 나을 듯합니다. 죽여주세요."

정금의 통곡이 계속 흘러나왔다. 멈출 수가 없었다. 울음이 북받쳐서 말이 나오지 않을 때는 그냥 하염없이 바닥에 머리를 대고 울어댔다. 그러다가 '그냥 죽여 달라'는 말만 계속 반복했다.

한참 후 자기 방에만 틀어박혀 있던 주원이가 아빠가 통곡하며 우는 소리에 방문을 두드렸다.

"아빠, 무슨 일이야? 아빠, 또 많이 아파? 아빠, 내가 119 부를까?"

주원은 당황한 듯 문을 마구 두드려 댔다.

"주원아, 아빠 괜찮아. 혼자 있고 싶구나!"

정금은 울음을 멈추고 가까스로 말했다. 조금 가라앉자 책꽂이에 처제가 두고 간 성경책이 눈에 띄었다. 퇴원하고도 한 달이 넘었는데 멍하니 TV를 바라보느라고 한 번도 성경책이 보이지 않았다는 것이 믿어지지 않았다.

정금의 손에 성경책이 펼쳐졌다. 오늘 목사님께 들었던 누가복음을 펼쳤다. 십자가의 장면을 첨부터 끝까지 다시 묵상했다. 가슴 깊숙이 파고들었다. 모든 장면들이 살아서 꿈틀대는 듯했다.

그동안 그토록 궁금했던 십자가는 무슨 의미인지 다 알 수는 없지만, 정금이는 왜 지옥에서 건져져서 살아난 것인지 충격적으로 깨달아지는 순간이었다.

또 눈물이 끊임없이 흘렀다.

정금은 차분히 가라앉히려고 수첩에 벅찬 감정을 두서없이 쓰기 시작했다.

내 인생에 무슨 일이 일어난 걸까?
앞으로 난 어떻게 될까?
두근거리는 이 심정을 말로 표현하기 어렵다.
이건 단순한 고통이나 두려움이 아니다.
분명 벅찬 감동이며 벅찬 기쁨이다.
어떻게 이런 일이…….
도대체 왜 나에게 그분은 오셨을까?
한꺼번에 모든 걸 알 수는 없다.
어떻게 그 깊은 뜻을 나 같은 놈이 감히 알 수 있겠는가?
그러나 나는 분명한 사실 하나를 알고 있다. 죄를 지으면 틀림없이 지옥에 간다는 사실을.
천국과 지옥은 분명 있다. 내가 똑똑히 보았다.

만약 사람들이 지옥에서 1초라도 경험할 수 있다면 평생 죄를 짓지 않을 것이다. 지옥이 얼마나 끔찍한 곳인지를 안다면 말이다. 나는 그 지옥에 떨어진 죄인이었다.

그런 나를 왜? 도무지 이해할 수 없다.

예수님께서 얼마나 나를 사랑하는지 얼마나 용서해주려고 애를 쓰셨는지 오늘 바라본 십자가에서 느낄 수 있었다. 신기하게도 사실처럼 다가왔다. 왜인지는 모르지만 그냥 그렇게 믿어졌다.

그럼 나는 무조건 감사만 하면 되는 것인가?

도대체 왜?

더구나 천국으로 구원해주신다는 말씀으로 나의 마음을 마구잡이로 흔들어 놓는다.

내가 무슨 착한 일을 했길래?

나 같은 놈을.

오늘 십자가에서 예수님을 생생히 보았다.

나의 죄로 인하여 내게 내려진 모든 저주와 고통을

그분께서 가져가시는 것 같다.

나는 오늘 벅찬 위로를 받는다. 무엇 때문인지 모르겠다.

하나님 아들이면서도 사람으로 오셔서 상상하지 못하는 고통의 십자가에 나를 위해 매달리셨다니…… 내가 어찌 그 사실을 믿을 수 있단 말인가?

아니, 난 이 믿기지 않는 놀라운 사실을 믿고 싶다. 꼭 붙들어 잡고 싶다.

오늘 처음으로 성경책을 펼쳐 보았다.

마치 보물 상자를 여는 기분이었다.

나는 오늘 어마어마한 세상의 비밀을 알게 된 것 같다.

지옥에 떨어질 수밖에 없는 나는 죄 사함이라는 놀라운 축복을 그냥 받게 된 것이다.

이제 영원한 내 편이 생긴 것처럼 공허했던 마음이 채워지는 듯하다.

이제 나는 무엇을 어찌하면 되는지…….

끊임없이 가슴이 두근거린다.

나는 오늘 다른 사람이 된 것 같다.

마음이 감당하기 어려울 정도로 벅차다.

정금은 글을 쓰고 나니 조금 차분해졌다.

그러고 보니 점심도 못 먹고 약을 먹는 것도 모두 잊었다. 곰탕 국물에 밥을 말아 먹으려고 가스 불을 켰다. 파를 조금 넣으려고 파 한 줄기를 꺼내서 씻어서 도마에 놓고 썰었다. 다 썰어 가는데 왼쪽 중지 손가락을 살짝 베었다. 도마 위로 피가 뚝뚝 떨어졌다. 정금은 순간적으로 피가 떨어지는 모습을 보고 십자가에서 피 흘리는 예수님이 생각났다.

'이렇게 작은 상처에도 놀라고 쓰라린데 예수님은 그 고통을 도대체 어떻게 참았을까?'

정금은 왜 이런 마음이 생기는지 이해할 수 없었다.

또 눈물이 났다. 가스 불을 끄고 다시 방에 주저앉았다.

'이 주체할 수 없는 마음은 도대체 뭐지?'

이 장면을 멀찍이에서 지켜볼 수밖에 없었던 마귀들

은 망연자실했다. 지금 그분과 함께 있는 박정금에게는 얼씬도 못하게 되었기 때문이다.

오늘 아무런 일도 못한 마귀들은 가슴을 치며 이를 갈았다. 정말이지 손 하나 쓸 수 없을 만큼 순식간에 여기까지 와 버리고 말았다. 그러나 언제든 다시 틈이 있을 거라 확신하고 중얼거리며 발걸음을 돌렸다.

"호시탐탐, 호시탐탐, 호시탐탐."

| 마치며 |

당신은 어떻게 살고 있습니까?

행복한가요?

구하라 그리하면 너희에게 주실 것이요

찾으라 그리하면 찾아낼 것이요

문을 두드리라 그리하면 너희에게 열릴 것이니

(마태복음 7장 7절)

사랑하고 축복합니다.

구름나무 드림